13 KORTE HISTORIER

Cathy McGough

Stratford Living Publishing

Denne versjonen ble utgitt i juli 2024.

ISBN pocketbok: 978-1-998480-02-9

Cover art powered by Canva Pro.

HVA LESERNE SIER...

LØVETANNVIN

(FINALIST I LESERNES FAVORITTBOKPRIS)

USA.

"LØVETANNVIN er en feel good-novelle, selv om epilogen gjorde meg litt trist over hvordan ting forandrer seg. Det var litt fint å besøke en tid da ting var annerledes.

"En kort, søt fortelling om et enkelt liv i en idyllisk sommerdag."

DEN KLARESTE STJERNEN

"Kjærligheten svikter aldri. Linda og Williams kjærlighetsliv er oppsummert i denne novellen. En historie om frustrasjon og kamp, men om å holde fast ved kjærligheten gjennom alt."

MARGARETS ÅPENBARING

Canada

"Jeg begynte å lese denne novellen få minutter etter at jeg hadde kjøpt den, og da jeg først hadde begynt, måtte jeg lese den ferdig. Jeg likte virkelig denne historien. Den er velskrevet, og man kan ikke unngå å føle med hovedpersonen. Og overraskelsen på slutten fikk meg til å måpe."

DARRYL OG MEG

USA

"Spooky. En kort, bittersøt historie om en kvinnes tragedie og hennes forsøk på å takle den mens hun er gravid."

U.K.

"Flott historie. Utmerkede følelser. Jeg følte virkelig med Cath og Darryl."

PARAPLYEN OG VINDEN

U.S.

"Sci-Fi på sitt mest moderne og tidsriktige. Kort og god lesning."

"Forfatteren spinner en fantasifull sci-fi-fortelling som rører opp farlig vind, en flygende paraply, en snurrende grønn flaske og mye mer. En kort fortelling med rask handling."

India

"For en spennende tur! Flyten er superrask og skrivingen konsekvent og smidig. På en eller annen måte minnet den meg om Jerome K. Jerome og Three Men In A Boat."

STORBRITANNIA

"De dårlige helgers mor møter romvesenet. Dette er en bizzarro fortelling skrevet med et tørt vidd, og den handler om et stort, grønt romvesen, paraplyer og pistoler. En svært fantasifull, om ikke sprø, historie som vil holde deg fanget til siste side. Full pott for kreativ fantasi, Cathy McGough. Kan få deg til å le høyt og søle kaffen."

ET DØDSØNSKE

U.S.

"Jeg leste denne på en halvtime i går kveld etter at jeg hadde lagt meg. Jeg syntes synd på denne mannen som følte at livet hans var meningsløst. McGough fører leseren helt ut på kanten, og selv når han har passert det punktet hvor det ikke er noen vei tilbake, aner du ikke hvordan det vil ende. En flott historie å lese i lunsjen eller kaffepausen."

"Jeg likte Cathy McGoughs kreativitet når hun skapte en kort novelle på 20 sider med en stor livsforandrende opplevelse om en mann som ikke kunne finne meningen med livet sitt."

"Jeg hadde hatt denne boken i min Kindle en stund, men da jeg endelig bestemte meg for å lese den, la jeg den ikke fra meg før jeg var ferdig med den. Selv om den er veldig kort å lese, er handlingen og karakterene fullt utviklet. Elsket den."

"Den leses som en episode av Tales from the Crypt eller Twilight Zone."

"Jeg elsket den, og mens jeg leste, spurte jeg HVORFOR? Da jeg fant ut av det, ble jeg forferdet, slike ting er mitt verste mareritt."

USA OG STORBRITANNIA

"Forfatteren bruker karakterens indre monolog på en dyktig måte for å avsløre livet hans og avgjørelsen han strever med. Jeg ble grepet helt til slutten. Denne dyktig fortalte historien er svært underholdende lesning, og jeg anbefaler den på det varmeste."

Innholdsfortegnelse

Dedikasjon XI

Forord XIII

1. LØVETANNVIN 1

2. DEN KLARESTE STJERNEN 19

3. MARGARETS ÅPENBARING 29

4. PARAPLYEN OG VINDEN 49

5. DARRYL OG MEG 99

6. ET DØDSØNSKE 159

7. FARVEL 181

8. BARE TYVE 191

9. PANDEMIC BOY 203

10. DE BESØKENDE 207

11. HUSET 211

12. ET MORDER 231

13. SANS MASQUE 237

Erkjennelser 245

Om forfatteren 247

Også av 249

Dedikasjon

FOR DIANNE

LØVETANNVIN

DET VAR 1967, OG sommeren var nesten over da jeg trakk den skranglete røde vognen min langs en steinete blindvei. Lyden av vognhjulene som buldret av gårde bak meg, var velkjent for folk på ruten vår.

"Fin dag for en spasertur", sa jeg.

"Det er det sannelig. Ha en god dag," svarte de.

Hvis jeg og min venninne Sandra var heldige, kom de med isvann, cola eller limonade. Selv om vi ikke bodde i nærheten, ble vi behandlet vennlig av de fleste. De fleste, men ikke alle huseierne.

"Ikke vær en plage", sa pappa alltid til meg, og det var jeg ikke. Jeg passet alltid mine egne saker. Jeg dillet ikke og prøvde ikke å tiltrekke meg oppmerksomhet. Kunne jeg noe for at de knirkende hjulene knirket?

Jeg var en jente med et formål, så det spilte ingen rolle at jeg hadde vondt i armene, selv om jeg ønsket at de skulle vokse fortere. Det gjorde ikke noe at vognen veltet i et hull i veien, eller at den trillet ned i grøfta.

Likevel tenkte jeg på den gale kvinnen i et av husene. Jeg gruet meg til å gå forbi huset hennes alene.

Ved andre besøk hadde hun kjeftet på oss fordi vi ikke gjorde noe. Eller bannet til oss. En gang sendte hun til og med hunden sin ut, siklende og bjeffende. Bikkja beskyttet veien som om den var en del av eiendommen hennes. Jeg kastet et blikk opp på taket, der det gamle kanadiske flagget vaiet i vinden. Noen sa at hun nektet å bruke det nye flagget med det store lønnebladet. Hun og hunden hennes ga meg gåsehud.

Jeg trakk pusten da jeg nærmet meg det fryktede huset. Siden det var en blindvei, hadde jeg ikke noe annet valg enn å kjøre forbi. Jeg stoppet og så meg tilbake for å se om Sandra kom. Ingen tegn til henne ennå.

Da husket jeg at jeg hadde bestemors lykkebringende kaninfot i lommen. Den ga meg mot. Jeg trakk vognen med begge armene og skyndte meg forbi.

Jeg visste at gamle lady Macguire var der. Jeg trengte ikke å se henne. Jeg kunne føle henne. I huset til venstre, bak gardinene. Hun ga meg et ondt blikk. Hun hatet barn, alle barn.

Noen hus senere holdt jeg på å snuble over skolissen. Jeg fikk støtte på vognen før jeg satte meg på huk for å få den på plass igjen. Idet jeg gjorde det, kikket jeg meg tilbake over skulderen og så gardinene rykke til. Det spilte ingen rolle nå. Jeg var utenfor rekkevidde av hennes onde blikk.

"Hei, vent! Vent!" Lyden av min venninnes stemme akkompagnerte sandalene hennes som traff den steinete veien. Endelig kom bestevenninnen min. Sandra kom alltid for sent til alt.

Jeg snudde meg i hennes retning og så henne løpe forbi huset til gamle fru Macguire. Hun var andpusten da hun nådde meg. Vi falt i armene på hverandre. Vi hadde begge kommet oss trygt forbi den gamle heksens bolig.

"Det var på tide!" sa jeg litt utålmodig da vi gikk fra hverandre.

"Unnskyld, jeg hadde husarbeid å gjøre, og mamma var fast bestemt på å børste ut håret mitt. Hun sa at jeg var en offentlig skamplett!"

"Kjolen din er pen," sa jeg og la merke til foldene og sløyfene som prydet de to lommene foran. Den var pen, og helt upassende til fruktplukking.

Sandra tok tak i sin halvdel av vognhåndtaket med den ene hånden og presset kjolen ned foran med den andre. "Jeg hater rosa", sa hun.

Hånden hennes passet perfekt ved siden av min, og vi kunne lett dra vognen side om side.

"Mamma fikk meg til å love å stoppe ved butikken på hjørnet på vei hjem og kjøpe et brød." Hun stakk hånden i lommen: "Ser du, hun ga meg tjuefire cent, pluss en femcent slik at vi kunne dele en bananis."

"Å, det er noe å se frem til." Banan var favorittsmaken vår.

Vi fortsatte å gå. En hund bjeffet et sted bak oss.

"For å få ispinnepengene måtte jeg ha på meg denne dumme kjolen."

"Den er ikke dum," sa jeg og løy og ønsket at jeg selv hadde en pen kjole jeg kunne ha på meg på en dag som ikke var en kirkedag. Med to brødre, en søster og enda en baby på vei var det ikke sannsynlig at jeg ville få en ny kjole med det første.

Sandra hvisket: "Så du henne?" Jeg visste at hun mente gamle lady Macguire. "Følte du hennes onde blikk på deg i dag?"

"Nei, for jeg krysset fingrene og øynene." Jeg løy.

"Godt tenkt," sa hun, flyttet mesteparten av vekten over på siden og spurte: "Skal jeg ta over og trekke en stund?"

"Nei, da skitner du kanskje til kjolen din." Sandra fniste. "Det er morsommere sammen," sa jeg mens vi ruslet forbi huset til herr Holiday og videre forbi huset til herr og fru Otter.

Da vi nesten var fremme, ble vi stille. Som bestevenner trengte vi ikke å snakke hele tiden. Formålet med reisen vår var felles og avhengig av frøken Virginia Martins *sorte ripsbusker. Hvis det var rikelig med rips, kunne vi få lov til å ta en del av dem. Hvis det var lite å plukke, ville turen vår igjen ha vært forgjeves.

"Jeg gleder meg til å se hvor mye frukt det er", sa jeg.

"Jeg har en følelse av at vi kommer til å ha flaks," sa Sandra.

Vi stoppet og så på frøken Virginias hus. Hagen foran var alltid plettfri, det var som om vinden visste å blåse bort søppel og løv slik at de ikke ødela den vakre plenen hennes.

Helt siden jeg var liten har jeg alltid sett etter vennlige ansikter i husene. Mamma sa at det var en vane jeg ville vokse av meg med tiden.

Miss Virginias hus hadde et uvanlig, men vennlig ansikt med to runde vinduer øverst. Når persiennene var trukket halvveis eller helt ned, så de ut som øyelokk. Dette var annerledes enn alle andre hus jeg hadde sett.

Mellom øynene vokste det en nese. En nese laget av murstein. Forskjellen var at disse mursteinene sto oppreist, mens resten av mursteinene lå sidelengs. Det ga meg frysninger, for det var som om byggmesteren visste at han lagde en nese bare for meg. Jeg vet at det sikkert høres dumt ut.

Så til munnen nedenfor, som var formet av de doble dørene. Et glassmaleri på toppen fikk det til å se ut som en tannrekke med tannregulering.

Jeg elsket å stå og se på huset fordi det også var et sted der naturen trivdes. Jeg lo da jeg husket hvordan eføyen som vokste vilt, noen ganger fikk det til å se ut som om huset hadde bart eller skjegg.

Jeg la merke til at Sandra nynnet på Penny Lane. Hun nynnet alltid når hun kjedet seg. Beatles var ok, men jeg foretrakk Stones.

Sandra børstet det blonde håret bort fra ansiktet, mens fluene surret rundt henne som om svetten hennes var en invitasjon til å sverme.

Jeg slapp taket i vognen og stilte meg på tåspissene for å se over gjerdet. Jeg håpet at jeg var høy nok denne gangen, men lykken var ikke med meg. Sandra gjorde et forsøk, siden hun var en smule høyere, men heller ikke hun klarte å se over. Jeg holdt vognen stødig mens Sandra satte seg inn og prøvde å se over, men heller ikke det hjalp.

"Jeg tror det er best at vi går opp dit og spør", sa Sandra.

"Greit nok."

Vi trakk vognen inn på plenen foran miss Virginias hus og parkerte den, før vi ruslet opp den lange oppkjørselen, som var kantet av blomster. Solsikker nikket med hodene og bukket for oss som om vi var kongelige som passerte blant dem. Noen løvetann kjempet i skyggen av fetteren sin.

"Husker du den gangen pappa lot oss smake løvetannvinen han laget?"

"Det var det forferdeligste jeg noen gang har smakt", sa Sandra.

"Jeg vet det, men du burde likevel ikke ha spyttet den ut." Vi lo da vi husket vinen som sprutet over hele skjorten til pappa. "Pappa syntes du var veldig uhøflig."

"Det var ikke meningen." Hun kikket på føttene sine. "Hei, vet du hva? Vi kan be om solsikker og selge dem."

"De er pene, men la oss holde oss til planen. Fru Smith sa at hun ville betale oss to quarters (femti cent) for så mange solbær som vi kan bære, så vi har allerede en kjøper. Vi kjenner ingen som vil ha solsikker."

"Jeg tenkte bare at noen kanskje ville ha frøene. Men ok."

Jeg kastet et blikk på venninnen min og valgte å ikke si noe mer om saken.

Nederst i trappen samlet vi tankene våre. Av erfaring visste vi at det ikke var hva vi sa, men hvordan vi sa det, som var viktig.

Sist gang hadde vi mislykkes, og det på en elendig måte. Miss Virginia sa at solbærene ikke var klare ennå. Hun sa at hun gledet seg til å lage noen nye oppskrifter til den årlige høstmessen.

Miss Virginia var berømt i vårt fylke, og hadde vunnet en rekke gullmedaljer for solbærrelaterte oppskrifter. Hun var ofte avbildet i lokalavisen, noen ganger til og med på forsiden.

Så hun hadde rett til å beholde frukten for seg selv, men det var deling som gjaldt. Vi håpet å kunne overtale henne til å gi oss en porsjon solbær.

Skuffelsen må ha stått å lese i ansiktene våre, for Miss Virginia inviterte oss til å hjelpe henne med å plukke epler og pærer i stedet. Hun tilbød oss å betale ti cent hver, men det var ikke nok til at vi fikk det vi ønsket oss. Vi takket henne for det sjenerøse tilbudet, men takket nei.

"Hva om hun sier nei?" spurte Sandra og så meg med et grimaserende blikk inn i øynene.

Jeg strakte ut hånden og tok på venninnens lange, blonde lokker, før jeg trakk litt i dem. "Kom, la oss finne det ut."

Sandra begynte å løpe, men jeg tok henne igjen i tide og mumlet ordene "DECORUM", hvorpå Sandra svarte: "Hva?"

"Ro deg ned", hvisket jeg. "Husk at vi er unge damer."

Vi fniste. Sandra glattet ned kjolen foran igjen.

Jeg tok hendene ut av lommene og strakte meg etter dørklokken. Før jeg rakk å røre den, åpnet frøken Virginia døren.

Hun smilte, ikke bare med munnen, men også med øynene. Hun var glad for å se oss, det var et godt tegn.

"Hvem har vi her denne fine morgenen?" spurte hun, og hun visste godt hvem hun hadde der, for Sandra og jeg hadde kommet tilbake hele sommeren. Vi hadde klatret opp på verandaen hennes mer enn et dusin ganger og spurt etter solbærene.

"Det er oss, meg og Sandra", sa jeg, og vi to neiet på en måte. Det var vårt beste forsøk på å nikke, selv om den ekte dronningen av England kanskje ikke ville ha trodd det. Miss Virginia applauderte.

"Ser man det," sa Miss Virginia mens hun så opp og ned på oss. Sandra i sin vakre, rosa kjole og meg i kjeledressen min. "Ser ikke dere to..." Hun nølte. "Dere jenter minner meg om ..." Hun tok en pause, ordene og ansiktsuttrykket hennes var nå frosset. Øynene hennes ble triste, men bare et øyeblikk. Så smilte hun. "Dere to ser ut som et bilde, jeg vil faktisk gjerne ta et bilde av dere, hvis det er greit?"

Jeg fikk vondt i magen da hun gikk fra glad til trist og tilbake til glad igjen. Jeg så på Sandra, og vi ble enige. Miss Virginia ba oss vente inne mens hun gjorde klar kameraet. I det andre rommet kunne vi høre henne åpne og lukke skuffer.

"Jeg er bekymret for vognen", hvisket Sandra.

Jeg støttet meg opp og kikket ut av vinduet. "Alt er i orden." Etter det holdt jeg øye med vognen, for jeg ville ikke at den skulle forsvinne igjen.

Som den gangen vi gikk inn for å ta et glass limonade. Da vi kom ut igjen, var den borte. Vi gikk og gikk for å finne den, men det var ingen spor etter vognen.

Sandra og jeg dro hjem. Jeg var fryktelig opprørt og gråt som et barn. Vognen betydde mye for meg, med knirkende hjul og alt. Den hadde vært en julegave fra besteforeldrene mine.

Foreldrene våre og vennene våre lette til gatelysene kom på. Dagen etter satte vi inn en annonse i hittegodskontoret. Den ble funnet utenfor skogsområdet, veltet på et jorde hos en bonde.

Vi, Sandra og jeg visste hvem som hadde lagt den der. Selvfølgelig var det gamle lady Macguire, men vi hadde ingen bevis. Pappa sa at man aldri skulle anklage noen for noe uten bevis, men vi hadde sett henne iaktta oss med sitt onde øye.

Akkurat da kom Miss Virginia tilbake med et Kodak Instamatic. Jeg hadde sett en annonse for det i pappas eksemplar av Life Magazine. Den 104 var en skikkelig kork.

"Kom hit, jenter."

"Ville ikke lyset vært bedre ute?" spurte jeg.

Hun smilte og åpnet ytterdøren.

Vi ventet på verandaen og forsøkte å ikke være for urolige mens frøken Virginia bestemte hvor hun ville at vi skulle stå for å få best mulig lys.

Jeg lente meg mot verandaveggen og prøvde å få et glimt av solbærbuskene, men det gikk ikke.

"Hmmm," sa frøken Virginia, "hvorfor går vi ikke inn i hagen? Med alt som blomstrer, kan vi ta noen fantastiske bilder."

Sandra og jeg smilte.

Vi gikk ned trappene. Sandra nådde bunnen i et raskt sprang, til min store forakt. Miss Virginia så ikke ut til å bry seg om det. Vi ruslet bak henne og fikk med oss hvert eneste ord. "Her vokser persillen, og her er tomatene mine. Så høye de har blitt i år. Ingenting er som fersk tomatsaus. Og her borte er løvetannbedet mitt. Jeg bruker dem til å lage løvetannvin."

Sandra gispet og skar en grimase.

Miss Virginia så ikke ut til å legge merke til det. "Og her er solbærbedet mitt, men det vet dere selvfølgelig allerede."

Jeg forsøkte å ikke se for opphisset ut, og kastet et blikk over skulderen tilbake på vognen for å vurdere hvor mye vi kunne frakte på én tur. Jeg skulle ønske jeg hadde tatt den med inn i hagen.

Jeg kjente Sandras arm stryke mot min. Jeg la merke til at munnen hennes hang vidåpen mens hun stirret på ripsene. Hun så ut som en hund som ventet på maten sin.

"Jeg ville lukket den, unge dame", utbrøt frøken Virginia, "med mindre du vil fange noen fluer."

Sandra skjulte munnen bak hånden.

Miss Virginia lo nesten fnisende mens vi så på solbærbuskene som sto i full blomst. Frukten hang der, klar til å bli plukket. Massevis av rips. Vi var så begeistret at vi ga fra oss et skrik.

"Først bildene", minnet frøken Virginia oss på. Miss Virginia forsøkte å finne den beste vinkelen, siden trærne strakte seg ut i sollyset og skapte skygger.

Jeg innså at med så mange rips som skulle plukkes, ville frøken Virginia trenge vår hjelp, og hun måtte tilby oss mer penger enn da hun ba oss om å plukke epler og pærer. Med epler og pærer var vi begrenset til det vi kunne nå. Med solbærbuskene kunne vi gå rundt og plukke hvert eneste solbær.

"Kan vi plukke noen nå?" spurte Sandra.

Jeg ristet på hodet og håpet at hun ikke hadde ødelagt sjansene våre.

"Jeg vil gjerne ha et bilde med solbærbuskene bak dere. Forsiktig nå, ikke knus dem eller slå av frukten, og ikke spis noe før bildet, for da blir dere flekkete på hender og munn. Å, jeg husket det nettopp. Vent her mens jeg går inn et øyeblikk."

Alene, plassert midt foran ripsene, var det som om de ropte navnene våre. Vi var urolige. Ventet. Prøvde å ikke høre på solbærbuskenes hvisking. De inviterte oss til å plukke et. Til å smake.

"Dette er helt sprøtt", sa Sandra. Hun åpnet og lukket nevene. Snudde seg mot solbærbuskene.

Jeg snudde meg også. "Jeg er enig. Men hvis vi venter på solbærene, tjener vi nok penger på å selge dem på én ettermiddag."

"Akkurat", sa Sandra, mens hun kikket på fruktklasene. "Men jeg må ha en."

"Ikke gjør det," sa jeg.

"Men hun får aldri vite det!"

"Greit, da plukker vi ett bær."

"Men de er så små."

Sandra plukket et, og det gjorde jeg også. Jeg puttet det i munnen, og den søte og syrlige smaken ga meg lyst på et til. Og enda flere. Vi tok en håndfull og slengte dem i munnen. Saften fra ripsene la seg som et teppe over tungen min.

Miss Virginia gikk tilbake til hagen.

Vi må ha vært litt av et syn. Sandra med saften i ansiktet og på kjolen. Jeg gjemte hendene i lommene.

Miss Virginia ble ikke sint på oss. I stedet sa hun: "Jøss, se på den pene kjolen din." Hun ristet på hodet. Hun gikk bort. "Det var alt for i dag, jenter. Nå kan dere to gå hjem."

"Men frøken Virginia. Hva med solbærene?"

"Ja," sa Sandra. "Vi beklager at vi ikke ventet, men de ropte på oss."

Frøken Virginia lo. "Jeg husker da de ropte på søstrene mine og meg."

Hun ble helt trist igjen, og magen min gjorde noe rart. "Hva med bildene?"

Miss Virginia ba oss om å sette oss på plass, og så sa hun: "Si "cheese"." Etter noen få bilder spurte hun: "Hvorfor er dere to så interessert i solbærene mine?"

Sandra hvisket meg i øret, og vi ble enige om å fortelle henne alt.

"Miss Virginia, vi vil tjene nok penger til å bytte vennskapsarmbånd. Vi så dem på markedet, og de koster en kvart dollar stykket," sa Sandra.

"Damen på markedet lager dem selv. Hun sa at vi kunne ha en vennskapsseremoni, og så ville vi være bestevenner resten av livet."

Frøken Virginia sa først ingenting. I stedet gikk hun ut gjennom porten, og vi fulgte etter. Hun stoppet opp og tok på solsikkeansiktene, som om blomstene var gamle venner. Hun virket fortapt i tanker.

Jeg lurte på om vi ba om for mye og ga for lite tilbake.

"Bli med meg", sa frøken Virginia mens hun begynte å plukke løvetann. Da armene var fulle, ga hun noen til Sandra, plukket flere og ga dem videre til meg. Hun var fortsatt ikke ferdig, så hun samlet flere og holdt dem foran i kjolen. Hun satte seg ned og lagde en haug av dem hun hadde samlet. Hun ba oss om å kombinere blomstene våre med hennes. Vi satte oss også ned, Sandra på den ene siden og jeg på den andre.

Miss Virginia plukket opp en blomst, så en annen. Vi så på mens hun stakk neglen inn i stilkene og lot løvetannmelken renne ut. Selv om fingrene hennes ble klissete, fortsatte hun å tre dem sammen til en løvetannrekke. Hun ble ferdig med én løvetannrekke og begynte på en ny.

"Ser du denne melkeaktige substansen?" spurte frøken Virginia. Vi nikket. "Hva tror dere det er?"

"Er det blod?" spurte Sandra.

Jeg lurte også på det, men ville ikke si det, for jeg hadde aldri hørt om hvitt blod før. Jeg dristet meg ikke til å gjette og trakk på skuldrene i stedet.

"Har dere jenter hørt om lateks?"

Vi ristet på hodet.

"De bruker det til å lage gummi."

"Mener du som den indiske gummiballen min?"

"Den spretter veldig høyt!" sa Sandra.

"Ja, jenter, det har dere rett i. Det er derfor den er så klissete." Hun fortsatte å henge sammen blomstene. "Vi pleide å lage disse, søstrene mine og jeg, da vi var på din alder."

"Hva skjedde med dem, jeg mener søstrene dine?" spurte Sandra.

"De er i himmelen," sa hun, mens hun begynte på en tredje blomstersnor.

"De er i hvert fall sammen."

Miss Virginia klappet meg på hånden. "Du er veldig moden for alderen din, ikke sant? Sa du at du nettopp har fylt sju?"

"Ja, det gjorde jeg."

"Og du Sandra?"

"Jeg er også syv år."

Miss Virginia stirret opp mot himmelen, og i noen øyeblikk så vi på skyene som seilte over oss.

"Den der ser ut som en bjørn," sa jeg og pekte opp.

"Og den der ser ut som en stor klump av ingenting," sa Sandra.

Vi lo sammen. Miss Virginia hadde en nydelig latter. "Hvem er først?" spurte hun, og siden jeg var nærmest henne, tok hun armen min. Hun la blomstersnoren rundt håndleddet mitt og lukket sirkelen: Det var et armbånd. Hun gjorde det samme på Sandras håndledd, og så lukket hun den tredje rundt sitt eget.

"Ah", sa frøken Virginia og la merke til at hun hadde ganske mange løvetann igjen. Hun begynte å knytte dem sammen til hun ikke hadde flere igjen. Hun reiste seg opp. Vi reiste oss også.

Frøken Virginia plasserte blomsterkransen på Sandras hode. "Det kalles en krans", sa hun. "Vil du også ha en?"

"Nei takk," sa jeg.

"Jeg kan lage et fint halskjede til deg."

Jeg så på føttene mine. "Jeg vil ikke bruke opp alle løvetannene. Du trenger dem til vin."

Sandra himlet med øynene og stakk ut tungen.

Frøken Virginia brydde seg ikke om at Sandra trakk på smilebåndet.

"Det er ikke noe problem", sa frøken Virginia, "jeg har fortsatt noen igjen fra i fjor", og så begynte hun å plukke. Vi tre ble med, og da vi jobbet sammen, var jeg snart iført en vakker, solfylt halskjede. Når jeg snurret, snurret den også.

Sandra og jeg var fornøyde med smykkene våre, og vi hadde ikke hastverk med å dra hjem, så vi brukte ettermiddagen på å luke ugress og rydde opp i hagen.

Da det nærmet seg middagstid, sa vi at vi måtte gå.

"Vent her et øyeblikk", sa frøken Virginia. Hun kom tilbake med en vaskeklut, en skål full av vann og lommeboken sin. "Får jeg lov?

Da Sandra nikket, dyppet frøken Virginia kluten i vannet og tok bort flekken fra Sandras kjole. "Den tørker mens du går hjem." Hun brukte vaskekluten på hendene og ansiktene våre.

"Takk," sa vi.

"Og en ting til", sa hun og stakk hånden ned i lommeboken og ga oss to 25-centere.

Vi kunne kjøpe vennskapsarmbåndene likevel!

Uten å nøle eller tenke oss om takket vi takknemlig nei.

Miss Virginia så ikke ut til å ha noe imot det. "Vi ses neste år", sa hun før hun lukket ytterdøren.

Vi trakk den tomme vognen langs den humpete veien, mens vi holdt forsiktig i håndtaket for ikke å skade armbåndene våre.

"Kanskje neste år?" spurte Sandra.

"Ja, kanskje neste år," svarte jeg. "Nå går vi og henter det brødet."

Sandra stakk hånden i lommen. Hun klirret rundt med vekslepengene. "Ikke glem bananisen."

Da vi kom frem til butikken på hjørnet, slapp vi håndtaket og styrtet inn uten å tenke på gamle fru Macguire.

EPILOG

Jeg vendte tilbake til denne gaten med tenåringssønnen min førtisju år senere, og som du kan forestille deg, hadde mange ting forandret seg. Noen til det bedre, andre ikke.

Gaten var ikke lenger en blindvei. Den var asfaltert og utvidet slik at det ikke lenger var noen grøfter. De fleste husene var blitt bygget om med tre- og aluminiumsfasader. Noen få hadde fått parabolantenner.

Nå som gaten var åpen, fylte en ny vei, mange hus, en mobilmast og et vannkraftanlegg plassen.

Miss Virginias hus er revet og gjort om til leiligheter. Bakhagen er asfaltert til parkeringsplass.

Old Lady Macguires hus ser stort sett ut som før, selv om gardinene er byttet ut med California Shutters.

Sandra og jeg gikk hver vår vei da familien hennes flyttet nordover. Hun kom hjem i 1975, og vi gikk og så filmen Haisommer. Etter det mistet vi kontakten.

Den røde vognen min gikk i arv til brødrene mine og søstrene mine, og så videre til søskenbarna mine. Hvis den kunne snakke, ville den hatt mange fantastiske historier å fortelle.

Bare det å nevne solbær får meg til å tenke tilbake på sommeren '67.

DEN KLARESTE STJERNEN

DET VAR SENT PÅ kvelden, og et ungt par sto under teppet av den uhindret nattehimmelen. Bak dem voktet en vegg av velduftende eviggrønne trær over grensene.

Under fullmånen holdt William og Linda hverandre i hendene, selv om øynene og åndene deres var oppslukt av stjernene.

Midnattshimmelen strakte ut armene sine over dem. I den mørke nattens favntak danset de sakte til spottefuglens utvalgte repertoar, mens stjerner og ildfluer kjempet om oppmerksomheten.

Paret følte det som om de var de eneste to levende vesener som var igjen på jorden. Sammen befant de seg i utkanten av verden, iakttagende og lyttende, gift med himmelen og, etter at spottefuglen hadde fløyet sin vei, med stillhetens stimulerende lyder.

Helt til en enslig stjerne blusset opp, rett foran dem, og gjorde oppmerksom på seg selv. Et stjerneskudd. Den falt. Brenner en bane over himmelen. Den syder, inne i en usynlig elektrisk strøm, i fart, fallende.

"Hørte du det?" spurte William.

"Ja, det hørtes ut som engler som klappet med vingene," svarte Linda.

De så på mens den avanserte, endret kurs og forsvant bak en sky. Opplevelsen av å se det, å dele det, fikk paret til å føle at de var en del av noe som var større enn dem selv, noe utenomjordisk.

Vi er alle født av stjernestøv. Forbundet for alltid, både de levende og de døde.

Da stjernen ikke lenger var synlig, satte paret seg ned sammen og ventet på at noe annet skulle skje. Ingen av dem snakket, for de holdt minnet fast, blandet følelser og fornemmelser. De rammet øyeblikket inn for alltid.

Linda og William visste én ting med sikkerhet: Naturen var nøkkelen. På dager da alt virket umulig, da livet var uutholdelig - en åndelig forbindelse til elementene helbredet dem. Den ga dem håp og løftet hjertene, sinnene og kroppene deres.

"Har du ønsket deg noe?" spurte Linda mens en flokk kanadagjess tutet over himmelen.

"Nei, jeg har deg allerede", svarte William mens han tok Linda opp i armene sine. Det unge paret fortsatte å stirre opp mot himmelen helt til gjessene ikke lenger var å se eller høre.

Linda og William hadde vært gjennom så mye sammen, og likevel var den andre nok for dem begge.

"Vet du, jeg kunne sitte her med deg i en evighet, William, og la verden gå forbi. Jeg føler ikke at jeg går glipp av noe, og jeg liker det når verden er stille og det nesten er som om du og jeg er strandet på en egen øy."

William klemte henne stadig tettere inntil seg, og Linda satt nå komfortabelt på fanget hans.

Mens de holdt hverandre i hendene, hørtes en sirene i det fjerne. Den brøt inn i deres lille verden et øyeblikk, inntil William med hviskende stemme begynte å deklamere sitt favorittdikt av Walt Whitman:

"Da jeg hørte den lærde astronomen,Da bevisene, figurene, ble stilt opp i kolonner foran meg,Da jeg ble vist diagrammene og diagrammene, for å legge sammen, dele og måle dem,Da jeg rørt hørte astronomen der han foreleste med mye applaus i forelesningssalen,Da ble jeg snart trett og syk,Helt til jeg reiste meg og gled ut,Vandret jeg av sted for meg selv,I den mystiske, fuktige natteluften, og fra tid til annen,Så opp i fullkommen stillhet på stjernene." *

En sirene skrek i det fjerne og brøt øyeblikket. Etterfulgt av en annen og en tredje. Ekkoene brøt gjennom stillheten, men bare for en kort stund, slik stjernen hadde gjort. Den ene skrek, den andre brant. Begge hadde behov for å komme seg et sted - raskt. Den første en stygg, hard lyd, en lyd som signaliserte fare og kaos. Et medmenneske trengte hjelp, umiddelbart. Den andre, en stjerne, vakre englevinger som flakset, døende. Slutt.

Slik er livet, og slik er døden. Vi ender alle på samme måte, uansett hvor mye vi skriker eller hvor hardt vi prøver å skille oss ut, å gjøre nytte for oss.

Paret ble sittende, helt fortapt i øyeblikket. De delte hvert åndedrag mens natten foldet seg ut rundt dem. Fårekyllingene kvitret og myggen surret. Trærne stønnet og ga uttrykk for sin indignasjon over at vinden vekket dem for tidlig.

Linda husket dagen da hun møtte William for første gang. De gikk på high school og var seksten år gamle. Linda var den nye gutten, fra en militærfamilie som flyttet rundt hele tiden. Likevel hadde hun aldri problemer med å passe inn eller få venner, for hun var søt og pen, og folk ble tiltrukket av henne. Den første dagen hun så William på fotballbanen, visste hun at han var den rette for henne. Han kastet et blikk i hennes retning, smilte, og en stund senere ba han henne ut. Ganske snart var de et par, High school sweethearts. Skjebnebestemt til å være sammen for alltid.

William var enebarn, og hans første kjærlighet var sport. Han håpet å få et fotballstipend til et av de beste universitetene etter endt skolegang. Når han ikke trente, spilte han. Han var ingen akademiker, langt ifra, men han beundret krevende arbeid, og han var en utmerket menneskekjenner. En dag fikk han øye på Linda, som slet med å åpne låsen på skapet sitt. Han tilbød seg å hjelpe, men den åpnet seg i samme øyeblikk som han spurte. Etter den dagen fikk han lyst til å be henne ut, men det skjedde ikke før den dagen de utvekslet blikk ute på fotballbanen. Da hun smilte til ham, visste han at hun var den rette.

Men dessverre trakk karriereveiene deres i hver sin retning. Det ble et tårevåt farvel fra begges side. Begge lovte å komme hjem hver helg og å holde kontakten hver eneste dag. Først sendte de meldinger og ringte daglig, så ble det annenhver dag, og til slutt ukentlig. Men det var greit, for de kom fortsatt hjem hver helg, for å se hverandre og være sammen. Det at de trakk seg fra hverandre og fant sammen igjen, gjorde dem sterkere og mer knyttet til hverandre.

Så skjedde det noe, og ingen av dem visste helt sikkert hva det var. Kanskje var de for travle, eller kanskje ble det å være fra hverandre den nye normen.

De lengtet etter hverandres selskap, men kunne ikke få det, og begynte å treffe andre mennesker. De ble enige om å treffe andre, for å prøve seg frem, for å si det sånn.

William datet en gang eller to, men uansett hvem han traff, kunne han bare tenke på Linda. Han lurte på hva hun gjorde og hvem hun var sammen med. Han prøvde å la være å bry seg når folk snakket om henne eller så henne på date, men han brydde seg - han elsket henne - hun var alt for ham - men hvis hun var lykkelig, var han mann nok til å ta et skritt tilbake og gi henne tid til å finne ut av det han allerede visste.

Linda datet også, hun var vakker og smart. Hun prøvde å skyve William og tankene på ham ut av hodet. Hun prøvde alt, datet menn som var annerledes enn William, men det var alltid noe som manglet. Da hun hørte at han var sammen med andre kvinner, stakk hun ut haken og sa: "Hvis han kan gjøre det, så kan jeg gjøre det." En av venninnene hennes, som i hemmelighet ønsket seg William, avviste henne, og Linda fortsatte å treffe en fyr som hun visste ikke var noe for henne. Faktisk var det ingen av mennene som kunne leve opp til William, for hun elsket ham og bare ham. Hjertet hennes kunne ikke elske noen annen.

Så dro hun hjem, og William var også hjemme, og de løp til hverandre akkurat som skuespillere gjorde i filmene og sverget på at når de var ferdige med studiene, skulle de aldri være fra hverandre igjen. Og slik ble det.

Femten år senere var de fortsatt gift. Fortsatt sammen.

Selv da de mistet jobbene sine. Det hadde sine fordeler å jobbe i samme bedrift, men ikke når økonomien gikk dårlig og det var sist inn først ut. Linda ble permittert først, og hun måtte kjempe for å finne en ny jobb, men med en baby på vei bestemte de seg for å bli i samme bedrift, William skulle jobbe fulltid og ha full sykeforsikring, mens Linda skulle være hjemme til sønnen var gammel nok til å gå i barnehage (som bedriften hadde på stedet).

I stedet for at økonomien ble bedre, ble den verre, og snart var også William arbeidsledig. Begge tok småjobber hvor og når de kunne, og delte på omsorgen for sønnen, ettersom det ville bli for dyrt å ansette barnevakt, og de trengte hver eneste krone for å kunne fortsette å betale boliglånet.

Da det ikke var noen jobber å finne, mistet de hjemmet sitt. De hadde tatt opp lån, akkurat som alle vennene deres, og ble hjemløse. De bodde i bilen sin i noen måneder, helt til kreditorene sporet dem opp og tok beslag i den også.

De holdt sammen, sterke. Klamret seg til hverandre.

Da de mistet sønnen, ble alt satt på prøve. Ingen helseforsikring, ikke noe hjem, ingen adresse. Et virus, influensa, lungebetennelse, og en natt var han borte.

Å miste ham drev dem nesten ut over kanten. De vaklet og vaklet, mens fortvilelsens bølger dro dem nedover, og flasker med selvmedisinerende alkohol trakk dem opp et øyeblikk, for så å kaste dem ned i rennesteinen og nesten rive dem i stykker. Nå hadde de bare minnene om gutten sin og et bilde innrammet i en plastspalte i midten av en pute som de bar i en ryggsekk sammen med skiftetøy, toalettsaker og en rull toalettpapir.

Så oppdaget de en forbindelse til sønnen gjennom naturen. De gikk, høyere og høyere, og følte hans nærvær i forhold til himmelen. De trengte ikke næring, og når de gjorde det, fant de noe i naturen. De badet i bekkene, spiste epler og ville bær. Løvetann og vill asparges. Fadderhoder og løkskjell. Brønnkarse og nordlig villris. Alt sammen delikatesser de kunne sanke og tilberede uten å ha noe for hånden. Og vann, de nippet til morgenduggen fra trærnes blader, og når det regnet, åpnet de munnen mot himmelen og drakk seg mette.

Og de fant dette stedet, høyt over byens lys. Langt fra fristelser og lydforurensning. Omgitt av natur hvor de kunne være helt sammen. På et sted der de ikke trengte å gjemme seg for smerten, der naturen absorberte den for dem, i dem.

Hvor enkelheten i en dalende stjerne kunne trollbinde dem og bringe sønnen deres tilbake til dem på et øyeblikk, i en nattstjernes død.

"Vi bør få oss litt søvn, det er en stor dag i morgen," sa William mens han strakte ut armene og gjespet.

"Men jeg vil nødig se slutten på denne."

En kanin hoppet over gresset og stoppet av og til for å snuse i luften. Magen knurret, men ingen av dem var villige til å ta et liv for å få mat.

Linda stakk hånden ned i ryggsekken og trakk ut puten. Hun kysset bildet av sønnen, og William gjorde det samme.

William klappet ned et sted for seg selv og deretter et sted for Linda.

Linda fluffet puten. Hun la den på bakken og hvilte kinnet mot bildet av sønnen. William gjorde det samme.

De satte seg tett inntil hverandre, som to skjeer.

Siden William satt bak, brettet han forsiktig ut avissidene, og et vindpust kom mot dem og gjorde seg til kjenne. William holdt avisene tett inntil brystet og beskyttet dem som om de var mer verdifulle enn gull.

Da luften var blitt rolig igjen, la William et teppe over Linda med den første og den andre siden, og overlappet deretter den tredje og den fjerde.

De krøp tettere sammen. Så tett som to mennesker noen gang kunne være.

"God natt, kjære", sa han.

"God natt, kjære," svarte hun.

NOTE:

*Da jeg hørte den lærde astronomen av Walt Whitman 1865

MARGARETS ÅPENBARING

DET VAR VÅR I luften. Likevel klarte ikke Margaret å komme seg ut av tristessen.

Når følelsene tok overhånd, klemte Margaret seg selv fordi ingen andre tilbød seg å gjøre det. Vennene hennes sa at hun trakk seg unna. Hun burde snakke høyere. Be om, ikke kreve, det hun trengte. De sa at hun ikke kunne forvente at mannen hennes skulle ha E.S.P.

I slike stunder kunne Margaret rulle seg sammen i en imaginær pelskule, som en bjørnemor. Så strakte hun seg og gjespet, som om hun våknet etter en lang vinterdvale.

Ta en drink til, sa de, som om det å bli full ville gjøre ting bedre.

Margaret lengtet etter en ny begynnelse. En årstidsbestemt gjenfødelse, der hun kunne finne tilbake til kjernen i seg selv igjen.

***

Klokken fem om morgenen i en forstad til Toronto vest, nær Ontariosjøen, hadde fuglene kommet tilbake fra vinterferien. Noen få ble igjen gjennom hele året - disse betraktet hun som sine venner i all slags vær. De hadde allerede plyndret Huckleberry Bush. For å få dem tilbake fylte Margaret matautomatene med solsikkefrø.

Om vinteren var repertoaret av fuglestemmer alt fra blåskjærer til kardinaler, duer og killdeer. Margaret ventet i stillheten hver morgen for å høre dem hilse de nye dagene velkommen. Oppfrisket i kropp og sinn lukket hun øynene og sovnet igjen. Helt til uenige stemmer vekket henne.

Det var tenåringssønnen hennes mot ektemannen. Selv om de delte samme blod, kjempet hormonene deres om herredømmet, og de var i tottene på hverandre - særlig om morgenen.

Margaret og Michael Lindstrom giftet seg for tretten år siden, og sønnen deres, som nå er tretten år, ble født kort tid etter. Noen sa at paret måtte gifte seg, men det var ikke deres sak.

De hadde møtt hverandre på en blind date og funnet tonen med en gang. Michael var leder i transportbransjen. Margaret hadde to jobber samtidig som hun gikk på college for å ta en bachelorgrad i grafisk design.

Michael jobbet lange dager. Siden Margaret studerte og hadde to jobber, var det ikke ofte paret så hverandre. Men når de gjorde det, slo det gnister. Det var kjærlighet i luften. Helt fremmede mennesker kom bort til dem og kommenterte hvor forelsket de så ut, og solen skinte alltid når de var ute og gikk hånd i hånd.

Margarets venner var sjalu på at hun hadde en fast kjæreste og bekymret seg. Med sine travle arbeidsplaner hadde de knapt tid til en flørt, og langt mindre til et forhold med en eldre mann.

"Bare ha det gøy uten forventninger", rådet Annabelle, selv om hun selv, for å unngå komplikasjoner, hadde en åpen-dør-politikk som gjorde at hun kunne bytte partner når som helst.

"Men jeg liker ham. Jeg mener virkelig liker ham," svarte Margaret.

"Hvis det er meningen at det skal være, kan det vente til du er ferdig med studiene," sa Lizzy, som hadde tenkt å studere lenge. Hun var i gang med en bachelorgrad i astrofysikk, og skulle deretter ta en mastergrad i naturvitenskap, og hun hadde ennå ikke bestemt seg for hva hun skulle studere etter endt utdanning. "Han er gammel, men ikke eldgammel, og det er lite sannsynlig at han kommer til å gi opp med det første."

Han er snill, mild og omtenksom. Dessuten har han invitert meg med på en jobbjobb for å møte kollegene sine. Han sier at han vil vise meg frem." Hun smilte.

"Du har nok å gjøre allerede, med to jobber og utdannelsen din," tilbød Annabelle. "Og så er du altfor ung til å binde deg. Med mindre dere to er interessert i det." Hun fnøs og klirret i glassene sammen med Lizzy.

"Jeg kan vel si nei," sa Margaret og skjenket litt mer vin i glasset sitt.

"Det vil du ikke gjøre," sa Lizzy. "Jeg sier gå. Møt alle de kjedelige menneskene han jobber med hver dag. Det vil helt sikkert kurere deg for alle illusjonene du har om ham - om ikke annet."

Margaret sukket og gikk tilbake til studiene. Han var ikke så gammel, og han oppførte seg ikke gammelt. En aldersforskjell på syv år var ingenting i disse dager.

Senere gikk hun ut og spiste middag med Michael, hvor hun møtte noen av arbeidskameratene hans. Hun var nærmere deres alder enn Michael var, men han kom godt overens med alle, og overraskende nok hadde hun det hyggelig. Hun likte da Michael presenterte henne som kjæresten sin. Etter at han hadde sagt det, hadde han sett på henne som om han hadde forventet at hun skulle avvise det, men i stedet tok hun hånden hans. Hun likte veldig godt å være en del av livet hans.

Ikke lenge etter jobbjobben inviterte Michael Margaret til å bli med ham på en forretningsreise. Hun sa nei, men fristelsen til å besøke Seattle, Washington, fikk henne til å tvile på avgjørelsen. Hun kunne jo fortsatt studere, og et avbrekk fra hverdagen ville være kjærkomment. Hvis hun dro dit, ville hun virkelig få mye å gjøre når hun kom tilbake.

"Alle utgifter er betalt", overtalte Michael henne. "Jeg er ute om dagen ... du får god tid til å studere ved bassenget - i boblebadet."

Hun ristet på hodet, men han kunne se at hun var i ferd med å bli svakere.

"Og vi flyr på business class."

Vel, da var det gjort. Hun pakket en bag, og de dro til Seattle, der hun studerte om dagen. Om kvelden så de Mariners spille en kveld, en annen gikk de på Tractor Tavern Rock Club. De hørte Bill Clinton holde foredrag på Seattle Centre. De gikk opp i Space Needle, så på Chihuly Garden og besøkte Museum of Pop Culture. Det var som om de var på bryllupsreise; kjærligheten lå i luften, og de unnfanget Tommy.

Margaret og Michael hadde ikke snakket om barn. Margaret visste ikke hvordan hun skulle nærme seg temaet. Hun vurderte å ta abort, men det lå ikke i henne å såre noen som ikke selv hadde valgt å bli født. Hun inviterte Michael ut på middag og tok opp temaet.

"Jeg vil ha en familie, mange barn", sa han.

Hun smilte.

"Men jeg ser ikke meg selv som typen som gifter meg," sa han. "Men hvis det var et barn involvert, ville jeg vurdert å gifte meg. Alle barn fortjener en best mulig start."

"Jeg tror jeg er gravid," utbrøt hun.

Først var han stille, så hoppet han opp og klemte henne. Han sa at de måtte være sikre. Hun bestilte time hos legen. Da han bekreftet det hun allerede visste, klamret de seg til hverandre og gråt som idioter. Selv nå, når hun tenkte på den dagen, måtte hun kjempe mot tårene.

Hun droppet ut av college da morgenkvalmen tok over livet hennes. Uteblivelsene hopet seg opp. Da det ble klart at hun måtte ta hele året om igjen, tok Margaret et sabbatsår og konsentrerte seg fullt og helt om fremtiden. Det var mye å gjøre før babyen kom. De solgte leiligheten hans. Kjøpte et hus i forstedene og hadde et raskt bryllup på folkeregisteret for å gjøre det hele offisielt.

Den nybakte moren brukte dagene på å gjøre hjemmet deres hjemmekoselig. Da de fant ut at de skulle ha en gutt, satte Margaret full fart med å lage et fantastisk barnerom. De valgte et sportstema, baseball, hockey, basketball. Til og med fotball. Alt sammen sportsaktiviteter som hun og Michael likte å se på flatskjermen.

Når Michael var på jobb, hendte det at Margaret lagde et brett med mat som iskrem, selleri, sopp og salsa. Så satte hun seg foran TV-en, satte på litt beroligende musikk for babyen og leste for ham. Margaret hadde mistet tellingen over hvor mange ganger hun hadde lest What to Expect When You're Expecting for den lille. For henne var den som en babybibel, og det å dele kunnskap styrket tilknytningen deres ytterligere.

En solfylt ettermiddag gikk hun til den lokale antikvariatet med en liste over favorittbøkene hun hadde elsket som liten jente. Hun hadde glemt å spørre Mark om hvilke bøker han likte best, men han var aldri noen stor leser. Det tok to turer å få med seg alle bøkene inn. Hun satte seg i sofaen med eskene med bøker foran seg. Hun kunne ikke tro at hun hadde funnet dem alle sammen! Til og med Pokey Little Puppy, som var den første boken hun noen gang hadde lært å lese selv. Og så bladde hun i Charlottes nett, Anne fra Bjørkely, Nysgjerrigper, Bobbsey-tvillingene, Heidi og hele Harry Potter-serien. Mark lo og sa at de burde investere i en bokhylle. Han gjorde bedre enn det, han bygde en selv og sa at det ikke skulle være noen av de hokuspokus-møblene på sønnens soverom.

Snart nok kom Tommy, og han var det vakreste kunstverket hun noen gang hadde sett. Til tider kunne hun ikke tro at det var hun og Michael som hadde skapt ham. Hjertet hennes vokste, hun visste ikke at hun kunne elske noen mer enn hun elsket Michael, og hun elsket ham høyt.

Michael ville gjerne ha et barn til med en gang, men det var ikke aktuelt med en graviditet nummer to. Tommys fødsel hadde vært vanskelig, og legen frarådet dem å prøve igjen. Michael var enig i at det ikke var verdt risikoen, og han syntes det var helt greit, sa han. Margaret trodde ikke på ham, selv om han alltid hadde vært ærlig tidligere.

Høye lyder nedenunder brøt ut igjen, og Margaret ble revet ut av hodet og tilbake til virkeligheten. Tommy ropte først og slo i et skap, så skjelte Michael ham ut, og så eskalerte det hele raskt. De kranglet om de mest latterlige temaer. Ingen av dem var morgenmennesker, og det var ikke hun heller.

Bare en enkel morgen med fred og ro var alt hun trengte for å komme på rett kjøl igjen.

Margaret vurderte å stå opp, men avviste tanken. Hun ville vente til de ba om hennes hjelp. De ville uunngåelig spørre.

Tommy stakk hodet inn på rommet hennes. I stedet for å snakke lavt ropte han: "Sover du, mamma?" Han ventet et sekund eller to på at hun skulle røre på seg.

"Ja," svarte hun alltid og gned seg i de trøtte øynene, selv om det var umulig å sove seg gjennom bråket.

Nå som han hadde hennes oppmerksomhet, ropte han: "Jeg finner ikke sportsskjorten min, mamma."

Hun smilte siden hun alltid la dem på nøyaktig samme sted, men hun nevnte det ikke denne gangen. Hva var poenget? "De er i skapet ditt, vennen."

"Det er de såååååå IKKE!" sa han, etterfulgt av et tramp, en retrett og en dør som smalt igjen.

Hun begynte å telle en Mississippi, to Mississippi, tre Mississippi.

"Fant den! Takk, mamma! Den har vært her hele tiden."

Margaret la seg under dynen og sovnet igjen. Helt til ektemannen Michael kom tilbake til rommet deres. Han fulgte et strengt regime. Først var det toalettbesøk, deretter håndvask, tannpuss, tanntråd, tungeskraping med periodiske og svært hørbare gispelyder (som ofte fikk henne til å holde seg for ørene med puten.) Etterfulgt av en femten minutters dusj, barbering, mer tannpuss, føning, pusse seg, parfyme. Alt var tidsbestemt på sekundet.

Når han var ferdig, åpnet han døren på vidt gap, og den varme dampen slapp ut før han kom inn i rommet. Hun så ham krysse gulvet som om han fulgte etter et spøkelse på flukt. Lukten av parfymen hans og den varme dampen gjorde henne søvnig, og snart ville hun sovne igjen.

"Margaret, har du sett en herreløs mansjettknapp?"

"Ikke i det siste", svarte hun mens han rotet gjennom den øverste skuffen uten å lukke den helt. Så åpnet han den midterste skuffen, men lot den stå delvis åpen. Til slutt ble den nederste skuffen trukket helt ut. Skapet lignet en trapp, men det var en fare, for det kunne lett velte når som helst. Hun så for seg at Tommy gikk forbi og fikk hele kommoden over seg. Skrekken for hva som kunne skje, rev henne i stykker. Hvis hun måtte få ham ut nedenfra ... hadde hun krefter til det? Hva om... Hun hoppet ut av sengen og lukket alle skuffene.

"Jeg hadde tenkt å gjøre det," sa Michael da han smelte døren bak seg på vei ut.

Siden hun allerede var oppe, presset hun seg mot baksiden av den lukkede døren helt til Tommy ropte nedenfra: "Mamma, jeg finner ikke lunsjen min!"

"Den ligger i matboksen din, på andre hylle til høyre i kjøleskapet."

"Nei, det er den ikke," svarte han.

"Kommer," sa hun mens hun tok tak i dørhåndtaket, men før hun rakk å åpne det, ropte han: "Å, nå ser jeg den! Takk, mamma."

Hun gikk tilbake til rommet sitt og mumlet "Vær så god", mens det svarte gapet under sengen lokket. Der kunne hun gli rett under, uten noe annet selskap enn støvkaninene. Derunder ville hun skape sin egen superkraft - et beskyttende skjold av mørke som avviste høye, sinte stemmer.

Stemmene som kom nærmere, avgjorde saken for henne, og hun kravlet inn i det mørke rommet. I de koselige omgivelsene ble pusten og hjerteslagene langsommere. Hun lukket øynene, la seg flatt ut, så strakte hun hånden opp, trakk dynen ned på gulvet og dro den under og over hele kroppen som om hun hadde bygget et fort.

Michael kom tilbake til rommet deres. "Kjære?" sa han.

Tommy stoppet opp ved døren: "Kanskje hun er på badet?"

Michael sjekket, og kastet så et blikk på sengen.

"Hun er vel ikke under der igjen?" hvisket Tommy.

"La oss se," hørte hun Michael svare.

De to senket seg ned på bakken og kikket inn i mørket. De så noen bevegelser under teppet. Michael så på sønnen, så la han fingeren på leppene. Han nikket, glad for å la faren snakke først.

"Kjære", sa Michael med beroligende stemme, "kan du ta med buksene og skjortene mine til renseriet?" Han åpnet munnen, men lukket den igjen.

Stakkars Margaret kunne ikke fatte at han ga henne en huskeliste og snakket til henne som om hun gjemte seg under sengen hver eneste dag. Det irriterte henne til de grader.

Han skjønte ikke hintet og fortsatte: "Og så glemte jeg å spørre deg i helgen om det var greit at jeg inviterte noen venner på besøk. I kveld. Til en liten fest. Et selskap på åtte, inkludert oss. Beklager så kort varsel igjen. Jeg hadde tenkt å spørre deg i helgen."

Tommy gjorde et forsøk på å slutte seg til moren i hennes ensomme kokong. I stedet limboet hun seg ut. Hun rettet seg opp og tørket støv av seg. De stirret på henne, men sa ingenting. "Dere to kan gå ned nå," sa hun mens hun fortsatt holdt i den varme dynen.

Michael kikket på klokken sin.

"Jeg har det bra, helt fint. Jeg kommer om et øyeblikk, vær så snill." Hun la dynen tilbake på sengen.

"Ok", svarte de og gikk.

Da de var borte, strakte hun seg over sengen. Hun slo av det elektriske teppet på mannens side. Mens hun tok på seg frakken og tøflene, så hun for seg at hun hadde glemt å slå av teppet hans. Ville huset brenne ned? Sannsynligvis. Og det ville være hennes feil. Alt var alltid hennes feil.

Hun lukket frakken og rettet på håret i speilet. Hun måtte snakke med Michael om middagsselskapet. Åtte personer. I kveld. Det var i det minste ikke så ille som forrige gang, da de var tolv, eller gangen før, da de hadde vært atten. Likevel hadde hun bedt ham så mange ganger ved andre anledninger som denne om å gi henne mer beskjed. Sist gang hun hadde gjort ferdig alt - ja, nesten alt - hadde hun ikke rukket å lakkere neglene. Michael påpekte dette på en pinlig måte foran gjestene, og selv sønnen deres hadde nok emosjonell intelligens til å skifte samtaleemne før hun brast i gråt.

I gangen slo kanintøflene hennes gnister mens hun gikk, og ga henne støt mens hun plukket opp sokker, undertøy og en mansjettknapp på veien. Småbiter og biter som lå igjen som et spor som førte henne ned til underetasjen der de ventet.

Nede sto hun nå i gangen som førte inn til stuen. Da hun trådte inn, så og hørte hun mannen knaske på ristet brød mens han holdt en kopp te med lillefingeren i været. Ved siden av ham satt Tommy og slukte Rice Crisps og bommet på munnen. Dråper av melk og frokostblanding samlet seg mellom føttene hans og lagde en pipende lyd når de traff teppet.

Hun noterte seg at hun skulle kaste teppet i tørketrommelen etter at de hadde gått, og var lettet over at stoffet på gulvet sugde opp væsken i stedet for å sette flekker på det hun trodde var sønnens siste rene skoleskjorte. Hun la til et nytt notat om at hun skulle bestille noen nye skjorter til ham - han vokste så fort, det var vanskelig å holde tritt med vekstspurtene.

"God morgen", sa Margaret akkurat da Fred Flintstone ropte: Wilma!

Familien hennes anerkjente hennes nærvær ved å kaste et blikk i hennes retning, og så brøt de sammen ut i latter mens Barney og Fred fortsatte med sine vanlige påfunn. De kom i det minste overens. Flintsteinene var én ting de begge var enige om.

Da det var reklamepause, sa hun: "Angående middagsselskapet, Michael." Han skrudde ned volumet på TV-en. Tommy protesterte, men spiste ferdig frokostblandingen sin.

"Beklager det der igjen," sa mannen hennes. "Jeg snakket med sjefen min på golfbanen i helgen. Jeg vet ikke helt hvordan det endte opp her, men plutselig var jeg vert for det fordømte arrangementet. Det trenger ikke å være smoking eller noe fancy. Tre retter pluss dessert burde holde."

"Hvem er gjestene våre? Hva slags mat liker de? Noen allergier? Noen vegetarianere?" Hun tok en pause. "Skal vi ikke fyre opp grillen?"

"Nei, grillideen er flott for en helgetreff, men dette er forretningsmotivert."

Hun sukket.

Han fortsatte: "Sjefen min og kona hans, Jim og Dave fra markedsavdelingen, Lucy og mannen hennes William fra juridisk avdeling. Jeg tror Lucy er vegetarianer eller veganer. Lance fra finansavdelingen og kona hans - jeg har ikke møtt henne før. Han er ny i teamet vårt." Han kastet et blikk på klokken og hoppet til.

Margaret grep tak i ermet hans. Hun satte inn den manglende mansjettknappen, og så klemte hun seg rett foran mannen sin i håp om å få et kyss.

Michael nølte et øyeblikk før han ga Margaret det som noen kanskje ville kalle et kyss - det gjorde hun ikke. Det var mer som et kyss - administrert i farten - mens han suste forbi. Parets lepper hadde så vidt berørt hverandre.

Før Margaret rakk å få frem et ord, smalt Mark igjen døren bak seg.

Hun slo armene rundt seg selv igjen. I et sekund eller to så det ut som om Tommy skulle til å gi henne en klem. Hun åpnet armene, og han strakte armen ut i hennes retning med den åpne håndflaten vendt opp. Hun la armene i kors, mens han gikk rett inn i salgspitch 101.

"Du skjønner, mamma, i dag er det Burger Day - to for én - og jeg trenger penger. Pengene går til veldedighet, og jeg har allerede brukt opp alle lommepengene mine denne uken."

"Hva med lunsjen jeg har laget?"

"Ikke noe problem, jeg spiser den i friminuttet."

Margaret klappet ham på hodet og gikk deretter ut på kjøkkenet, der vesken hennes hang på en krok. Idet hun stakk hånden inn, kastet hun et blikk på kjøkkenets tilstand. For et rot! Og hun måtte få alt i orden til et middagsselskap i kveld. Ikke noe problem!

Hun hadde bare en ti-dollarseddel, som hun la i hånden hans, som fortsatt ventet. "Kom med vekslepenger", sa hun da han forlot huset med et bestemt smekk i døren.

Tilbake i stuen avsluttet The Flintstones med "You'll have a gay old time!" Margaret nynnet med mens hun kastet teppet over skulderen og samlet opp den skitne koppen og fatet, glasset og skålen.

Nå var hun på kjøkkenet og satte teppet i vaskemaskinen, frokostserviset i oppvaskmaskinen, og så skjenket hun seg en kopp te fra den lunkne kannen. Hun gikk tilbake til stuen, som var mindre rotete. Hun bladde gjennom kanalene og kom over Judge Judy. Hun kunne ikke annet enn å beundre kvinnen, som hadde full kontroll over alt og alle i rettssalen sin.

Vennene hennes sa at hun burde stå opp før familien hennes, det ville minimere kaoset og rotet. Da ville hun ha kontroll over situasjonen. Andre sa at hun burde skaffe seg en jobb og forlate huset før dem, slik at de måtte lære å klare seg selv. Men hun var så sliten, så lite seg selv om dagen, for ikke å snakke om at hun ikke hadde jobbet siden før sønnen ble født. Hvem ville ansette henne nå?

Margaret var blitt mer og mer misfornøyd med sin egen skjebne, i takt med at hun ofret livet sitt for dem hun elsket. Hun mislikte at hun alltid ga, selv om det var hennes valg å gjøre det. Så hoppet hun på toget av skyldfølelse og selvmedlidenhet. Gikk alle mødre gjennom det samme? Denne tomheten? Dette dyttet og trakk i seg selv og skapte et tomrom. Denne tomheten inni seg, som hun lot bevege seg som en sommerstorm og regne over alt i livet sitt. Hun var en orkan som bare ventet på å komme, og i dag var dagen hun hadde gruet seg til.

Hun dusjet og kledde på seg, uten å stoppe for å spise frokost, men tok seg tid til å kaste teppet i tørketrommelen, og med et inderlig ønske om å komme seg ut. Vekk. Hvor som helst, bort.

Margaret pekte bilen i retning kjøpesenteret og kjørte. Parkerte. På vei inn var en ung mann i ferd med å gjete traller. Med vindens hjelp var flere av dem på vei mot en snarlig flukt. Hun vurderte å si noe for å lette mannens byrde, men i stedet smilte hun til ham. I munnen på ham kalte han henne en kjerring.

Husmoren ignorerte ham og skyndte seg inn. Hun kunne ikke la være å undre seg over at hennes empatiske gest ikke hadde ført til annet enn utskjelling. Glem det, tenkte hun, og konsentrerte seg om det som var hennes problem:

forberedelsene til middagsselskapet. Men først og fremst: Hva skulle hun ha på seg? Burde hun unne seg et nytt antrekk? Shopping hadde hjulpet henne med å løfte humøret tidligere. Kanskje det ville gjøre susen i dag?

Margaret gikk langs motekorridoren og fant en utstillingsdukke i et utstillingsvindu iført en fin dress som hun likte. Hun våget seg inn i butikken, hvor speilene overfalt henne overalt. Hun trakk seg tilbake.

I rulletrappen la hun merke til et hår- og neglespa. Hun kastet et blikk på neglene sine. Hun foretrakk å ordne dem selv hjemme når hun visste hva hun skulle ha på seg - hun skulle ta seg tid. Men håret, det var en annen sak.

Hun sto utenfor salongen og så på stylistene som beveget seg rundt og holdt seg opptatt. Det så ut til å være en rolig dag i salongen, siden bare én stol var opptatt. Hun vurderte å gå inn og snakke med noen, men bestemte seg for å la være da hun kastet et blikk på telefonen. Tiden tikket av gårde, og hun hadde allerede altfor mye å gjøre.

Et blinkende neonskilt tiltrakk seg oppmerksomheten hennes. Der sto det

Reis til drømmedestinasjonen din. Salg kun i dag!

Hun var ikke lenger Margaret, hun var Margarita på Cuba. Hun så for seg at hun var på Cuba og danset rhumba. Så var hun i Australia og danset i ødemarken. Ikke tale om! Det var altfor langt borte.

En ung mann som var omtrent halvparten så gammel som henne, la merke til henne. "Jeg kommer straks", sa han. Han gikk tilbake til samtalen i telefonen.

Hun våget seg inn og stilte seg tafatt i nærheten av resepsjonen. Hun lyttet til den unge mannens rolige stemme. Noen ganger kvitterte han med et smil. Etter en liten stund sluttet han å snakke og la hånden over telefonen.

"Ta deg en kopp kaffe eller vann mens du venter. Det tar ikke lang tid. Og du må gjerne bla gjennom brosjyrene og magasinene. Jeg kommer straks."

Margaret skjenket seg en rykende varm kopp kaffe og tilsatte fløte og en sukkerbit. Hun kastet et blikk i retning av den unge mannen i telefonen da hun la merke til en eske med kjeks. Som om hun søkte hans tillatelse.

Han la hånden over røret igjen: "Å ja, bare forsyn deg med en kjeks eller to. Du er hjertelig velkommen."

"Takk," hvisket hun og tok opp en kjeks. Den var himmelsk god med sjokolade.

Mens hun ventet, bladde hun gjennom noen magasiner. Det første handlet om Sveits. Nå var hun Maggie som forberedte seg på å stå på ski i Zermatt med en høy, blond og kjekk skilærer ved navn Sven som hjalp henne med skiene. Nå var de ferdige med skituren, og han tilbød henne en kopp varm kakao. Hun besvimte og strakte seg etter den, men blunket ham bort.

Hun plukket opp en ny brosjyre om Hawaii og så for seg at hun lå på stranden i Waikiki og hula med George Clooney. Så så hun ned, innså at hun hadde bikini på seg og skrek.

Margaret kom tilbake til virkeligheten og kastet et blikk i retning av den unge mannen som fortsatt snakket i telefonen. Han hadde ikke lagt merke til utbruddet hennes. Uff da. Hun tok en ny bit av sjokoladekjeksen. Bikini eller noen annen form for badedrakt var uaktuelt.

På veggen fikk hun øye på en plakat som reklamerte for en reise til Storbritannia. Beefeaters. Iført disse vanvittig høye hattene. Nå var hun Cathy, på jakt etter Heathcliff på Yorkshire Moors. Det var en veldig kald og vindfull dag, men de gikk tur og nøt den friske luften ...

"Kan jeg hjelpe deg?" spurte den unge mannen.

Heathcliff forsvant. "Øh, jeg bare drømmer", svarte Margaret med blussende kinn.

Den unge mannen klikket på tastaturet og så på skjermen. Han vendte datamaskinen mot henne. "Dette er dagens endagstilbud i siste øyeblikk. De kom nettopp inn!"

Fascinert rykket hun nærmere.

"Hvis du er interessert i England, vil du aldri finne en slik pris igjen."

"Jeg har alltid hatt lyst til å besøke Storbritannia."

"Denne prisen", sa den unge mannen, "inkluderer leiebil og en kombinasjon av hotell og B&B. Du kan reise rundt og velge hvor du vil stoppe og overnatte."

"Jeg vet ikke om jeg kan kjøre dit, kjører de ikke på den andre siden?"

"Det er sant, men du lærer det fort."

***

Margaret kom hjem og bestilte takeaway. Hun valgte en rekke retter fra menyen for å dekke alle behov. Hun satte Chardonnay, Rose og øl i kjøleskapet. De fire flaskene med rødvin satte hun i vinhyllen.

Hun knøt et forkle rundt livet og gikk i gang med å støvsuge og tørke støv. Hun la det rene teppet i stuen på plass igjen. Da alt var perfekt, dekket hun bordet med plass til syv ved bordet. Michael ville ikke risikere at Tommy skulle lage en scene. Ikke foran sjefen og arbeidskameratene hans. Hun gjorde i stand et brett og satte det på benken, slik at han kunne ta det med seg opp på rommet sitt.

Margaret gikk inn på rommet sitt og pakket en koffert og en håndbagasje. Hun bestilte en Uber som skulle kjøre henne til flyplassen.

Tre timer senere gikk hun om bord i et fly, og snart var hun på vei til Storbritannia.

Da hun så ut av vinduet, ble hun i et lite sekund overmannet av skyldfølelse. Hun kjempet mot det.

Hun hadde lagt igjen en lapp på kjøleskapet der det sto at hun skulle reise bort.

Margaret hadde unnlatt å nevne hvor hun skulle, eller når hun ville komme tilbake.

Heller ikke at hun hadde kjøpt en enveisbillett. De ville finne ut av det.

PARAPLYEN OG VINDEN

DET VAR FREDAG DEN 13. og vinden pisket rundt. Ting som ikke var ment å fly, spratt og rikosjetterte. På tvers og over. De slo salto rundt meg.

På en slik dag ville kanskje noen pensjonister ha blitt liggende i sengen, men ikke jeg. Hvorfor skulle jeg våge meg ut på en slik forferdelig dag? Av denne grunn - og bare av denne grunn - trengte jeg en sterk kopp kaffe.

Derfor lekte jeg dodgem, dukkete og stupte for å komme meg ut av huset og inn i bilen. Så satte jeg kursen mot nærmeste drive-in. Jeg var ikke den eneste som var modig nok til å våge meg ut i det ukjente for å kurere koffeinavhengigheten min.

Køen beveget seg fremover, sakte, men sikkert. Jeg bestilte en Extra Strong Vanilla Latte, og så krøp jeg i bil mot vinduet for å betale. Jeg strakte meg etter lommeboken og oppdaget at jeg hadde glemt den hjemme.

Damen i vinduet strakte ut hånden og trakk den inn igjen for å unngå en liten grein som traff vinduet mitt og deretter spratt inn i hennes.

"Vekslepenger", sa jeg da kvinnen strakte ut hånden igjen. Jeg rotet fortsatt gjennom hanskerommet og koppfellene. Etter å ha talt hadde jeg syttiåtte cent. Under setet mitt lå det enda en dollar. Jeg fortsatte å lete, mens bilene bak meg ventet og fyren rett bak meg tutet, og andre fulgte etter.

"Det holder", sa kvinnen, tok imot myntene og rakte meg kaffen.

Jeg smilte mitt største smil og sa: "Takk," jeg lukket vinduet og kjørte av gårde, så takknemlig. Kaffen luktet himmelsk, men jeg ventet med å ta en slurk til det første røde lyset.

Mens jeg ventet, nippet og nøt, knuste en umenneskelig paraply frontruten min med trehåndtaket, før den spratt bort og la seg til hvile på en tregren i nærheten.

Jeg merket ikke engang at javaen brant meg før lyset skiftet. Jeg kjørte inn til siden og gikk ut av bilen. Ingenting er som varm kaffe som renner nedover beinet og ned i sokkene og skoene. Jeg ristet på beinet, som en hund som nylig hadde badet.

Jeg så det komme, men det var for sent.

Den fordømte paraplyen. Igjen.

***

Jeg våknet opp, fortsatt på parkeringsplassen med paraplyhåndtaket av tre rundt halsen. Jeg hadde falt hardt, men klarte å gripe tak i bildøren på vei ned, noe som på én måte var bra, og på en annen måte dårlig, siden det skjulte situasjonen jeg befant meg i.

Betongen under meg føltes kald og svampaktig. Jeg forsøkte å reise meg, men vinden tok tak i paraplyen og førte den videre på sin ferd som en vilter tue.

Jeg sto ikke oppreist ennå, men kastet meg oppover og presset vekten min mot bildøren. Det plutselige klikket fra dørlåsen lovet ikke godt — jeg hadde latt nøklene stå i tenningen. Jeg lette etter telefonen min, men innså raskt at den lå hjemme i vesken.

Jeg lente meg mot bilen med armene i kors i håp om å tiltrekke meg en barmhjertig samaritan.

I det fjerne fikk jeg øye på paraplyen som var på vei et annet sted. Uff da. En møtende bil som forsøkte å unngå den virvlende dervisjen, smalt inn i bakenden på en annen bil. Noen ville ringe politiet nå. Jeg ville vinke dem bort for å hjelpe meg også. Alt var bra.

Det tok ikke lang tid før den fordømte paraplyen var av gårde igjen, i full fart i min retning. Var jeg en paraplymagnet? Denne gangen fløy den høyt opp og snurret. Den var en skjønnhet i det fjerne. Den åpnet seg mot himmelen i all sin svarthet. Det var fascinerende, så høyt opp den fløy, og du kjenner det gamle ordtaket: "Det som stiger, stiger", og det viste seg å være sant, for den forbannede tingen styrtet mot bakken med potensial til å slå meg ut for godt. Som speidernes motto var jeg forberedt, og i stedet for å vente på at den skulle treffe hodet mitt, strakte jeg meg ut og tok tak i håndtaket.

Jeg holdt meg fast for harde livet og håpet at jeg ikke skulle bli Mary Poppins selv. Føttene mine forlot bakken, men bare i et sekund eller to før jeg hørte sirener og sko som klapret på fortauet.

En ung kvinne la hånden sin over min på håndtaket. Vi stabiliserte oss, mens flere fottrinn gikk i gatene mens eieren trykket på knappen og lukket den sammenleggbare kalesjen.

***

Etter den merkelige morgenen dro jeg hjem og la føttene på bordet, og nektet å røre meg før vinden løyet. Jeg holdt meg til planen helt til sønnen min ba meg om å hente ham litt over halv åtte hos en venn på den andre siden av byen. Foreldrene skulle egentlig kjøre ham hjem, men de var nervøse sjåfører, så det var jeg som tilkalte dem.

Bulen på frontruten min var en konstant påminnelse om hvordan dagen min hadde vært så langt. Jeg ventet fortsatt på beskjed fra forsikringsselskapet mitt om egenandelen. De undersøkte om det var en "naturkatastrofe".

Jeg kontaktet politiet, som sa at de ville bekrefte eksistensen av paraplyen, men ikke at den hadde noe med frontruten min å gjøre. Da de så meg, holdt jeg fast i den.

Jeg følte meg ekstremt sint på personen som ikke hadde klart å holde tak i kalesjen sin, og jeg hadde lyst til å skrive til kommunen og be om en paraplylisenspolicy. Da kunne jeg få dem til å betale egenandelen min, eller enda bedre, saksøke dem.

Jeg startet bilen og rygget ut av oppkjørselen, bevisst på flygende gjenstander, da en grønn flaske fanget blikket mitt. Den snurret og snurret rundt i en sirkel, som om innbilte mennesker lekte "Snurr flasken". Den forlot ikke bakken det meste av tiden og så ut som et avlangt, grønt romskip som tok av, løftet seg høyere og høyere, krasjet, snurret og løftet seg igjen. Jeg fortsatte, tilfeldigvis i samme retning som flasken var på vei.

Da jeg så en mann og en kvinne gå mot hverandre mens flasken gjorde en faretruende salto, åpnet jeg vinduet og ropte til dem. Da de ikke reagerte, tutet jeg. Flasken, som nå var høyt oppe i luften, begynte å falle fritt mot dem.

Flasken falt ned og traff kvinnens hode med full kraft. Den grønne beholderen rikosjetterte og traff mannens hode. Den likegyldige, grønne gjenstanden steg og falt flere ganger før den stanset mot en trestamme.

Jeg satte på nødblinklysene og slo av motoren, før jeg gikk ut av den trygge bilen og ut i den farlige vinden igjen.

Både mannen og kvinnen var ved bevissthet, men de beveget seg ikke og prøvde ikke å reise seg. Jeg tok pulsen på kvinnen, deretter på mannen og vurderte situasjonen, mens jeg husket førstehjelpskurset jeg hadde fått for mange år siden. Jeg ringte

911. Sentralen stilte noen spørsmål, men knakingen bak oss fikk folk til å sette seg opp

Vi så på mens vinden fortsatte å bruse og sendte flasken i været. Den majestetiske gråpilen bøyde seg for å ta den tilbake, men det var for sent. Vinden knakk den tykke overkroppen i to, og da treet traff bakken, ristet det jorden under oss.

"Kom igjen!" ropte jeg.

Med vinden i hælene løp vi av gårde.

***

Da vi nådde bilens fristed og hadde festet sikkerhetsbeltet, ga jeg full gass. Flasken var ikke lenger i sikte, og vi kjørte videre for å hente sønnen min.

Etter å ha pustet ut et øyeblikk, presenterte vi oss for hverandre.

Brent Welch var en høy og meget kjekk mann, med mørkt hår og blå øyne. Han hadde et smilehull på haken som Cary Grant. Han var partner i et lokalt advokatfirma, snakket godt, hadde påfallende gode manerer og var singel.

Eileen Manny, også singel, hadde langt blondt hår og brukte for mye sminke. Hun var en reservert og lavmælt kosmetikkrepresentant, så "ansiktet var hennes palett".

Jeg presenterte meg selv. "Mitt navn er Alice Mitchell. Jeg er nylig blitt enke og pensjonert gymnaslærer."

Nå som vi var blitt kjent, takket de meg for at jeg hadde reddet dem. Så spurte de om sprekken i frontruten akkurat idet Jasper klatret inn i bilen og satte seg fast.

Etter å ha presentert meg fortsatte jeg å fortelle paraplyhistorien. Passasjerene mine brølte av latter.

"Hva er det som er så morsomt?" spurte jeg.

"Det kunne ikke ha skjedd med noen andre", svarte Jasper.

Vi satte kursen hjemover, og slapp av Mark og Eileen på veien.

Da vi endelig kom frem, innså jeg at det fortsatt var to timer igjen av denne mer enn begivenhetsrike fredagen den 13. Jeg klatret opp i sengen, trakk dynen over hodet og forsøkte å sove.

Jeg hadde ingen anelse om hva som skulle komme.

***

Neste morgen, lørdag den 14., tok det meg noen minutter å våkne. Det var som om det ringte på døren i drømmen min, helt til sønnen min Jasper banket på soveromsdøren min.

"Mamma, det er til deg - politiet."

Jeg kastet dynen tilbake, trakk nattkjolen over hodet, byttet den ut med en joggedress og børstet håret med fingrene før jeg gikk ut.

Sønnen min, som ikke har særlig gode manerer når det gjelder slike ting, selv om han er oppdratt med utmerkede manerer, hadde latt betjentene stå på verandaen.

Da jeg stakk hodet utenfor, halvt inn og halvt ut, blåste det opp og holdt på å rive døren ut av hendene på meg.

Offiserene så rufsete ut, noe som i gamle dager ble omtalt som "forblåst og interessant". Det kraftige offisersparet var kjekke nok til å jobbe svart som strippere fra Thunder from Down Under. Jeg inviterte dem inn.

"Nei takk, ma'am," sa den lyshårede fyren, som da han tok av seg hatten, så ut som den andre fyren, han som ikke var "Ponch" fra C.H.I.P.S..

"Jon," sa jeg høyt uten å mene det (navnet på den blonde fyren fra C.H.I.P.S. hadde nettopp slått meg).

"Navnet er Marshall," sa den blonde. "Partneren min er betjent Ramsey."

"Hyggelig å treffe deg. Hva kan jeg gjøre for dere?"

"Vi fikk en rapport om en forlatt 911-samtale fra deg i går, kan du forklare hva som skjedde?"

"Jeg observerte en mann og en kvinne som gikk mot hverandre mens de ventet på rødt lys. Jeg la merke til flasken."

"Midt i flyet?" spurte Ramsey.

Jeg nikket. "Ja, flasken fløy opp og kom ned igjen. Jeg prøvde å påkalle oppmerksomheten deres, men før jeg visste ordet av det, traff flasken først kvinnen og deretter mannen. Begge falt hardt ned på fortauet."

"Hvilken tilstand var de i da du nådde frem til dem, og hvor lang tid tok det før du kom frem?" spurte Jon, jeg mener Marshall.

"Jeg parkerte i løpet av sekunder og gikk straks bort til dem."

Ramsey var notatfyren, han skrev ned alt jeg sa.

Marshall hadde telefonen sin rettet mot meg; han tok opp alt jeg sa.

Jeg antok at det var i orden, selv om jeg ikke stilte spørsmål ved det der og da.

"De var ved bevissthet, pustet og hadde sterk puls. Etter å ha fått dette bekreftet, ringte jeg 911."

"Hva skjedde da?"

"Et stort tre falt ned, og vi løp bort til bilen min."

"Ba noen av dem om å få se en lege eller komme til legevakten?"

"Nei, de var lys våkne. Vi lo og snakket sammen. Husene deres lå på veien tilbake, vi slapp dem av, og det var ikke noe problem i det hele tatt."

Vi forble tause.

***

"Hva dreier dette seg om?" spurte jeg og kjente vinden skjære gjennom joggedressen min.

"Har du møtt noen av dem før?" spurte Marshall. "Husene deres ligger jo ikke langt unna ditt."

"Nei." Jeg sto stille og prøvde å finne ut hvor de ville hen med spørsmålene sine. Hva hadde det å si om jeg hadde sett noen av dem før? Inne i huset skrudde sønnen min på fjernsynet, og lyden ble satt på. Jeg lukket døren bak meg og gikk ut.

"Hva slags flaske var det?" spurte Ramsey.

"Det var en grønn flaske."

De to betjentene utvekslet blikk.

"Er det sant at du hadde en annen episode i går som involverte en paraply?" spurte Marshall.

"Ja, det var en forferdelig fredag den 13."

"Saken er den," sa Ramsey. "Welch og Manny døde."

***

Da jeg våknet etter å ha besvimt, var det tre bekymrede ansikter som stirret ned på meg. To av dem tilhørte betjentene Ramsey og Marshall. I hendene holdt de eksemplarer av Reader's Digest som de viftet mot meg som vifter. Det andre tilhørte Jasper, som holdt et glass vann som han med jevne mellomrom sprutet dråper fra på pannen min.

"Går det bra med deg, mamma?"

Jeg var ikke hundre prosent sikker. Jeg forsøkte likevel å sette meg opp for å unngå flere angrep fra Reader's Digest og vannet.

"Du har fått litt av et sjokk", sa Ramsey, akkurat idet to ambulansearbeidere kom bort til meg. Den ene sjekket pulsen min, den andre satte på blodtrykksbåndet og begynte å pumpe. Begge sa: "Alt er bra."

Jeg forsøkte å følge dem til døren, men de sa at det ikke var nødvendig.

Ramsey satte seg overfor meg.

Sommerfuglene i magen flagret rundt, og jeg følte meg fortsatt litt skjør, mens spørsmålene om flygende flasker som drepte folk, fløy rundt i hodet mitt.

Jeg trodde jeg bare tenkte den siste tanken før Ramsey svarte: "Vi vet ikke dødsårsaken ennå. Rettsmedisineren undersøker likene."

"Vi la merke til at du har en stor sprekk i frontruten," sa Marshall. "Har noen av dem kjørt inn i den?"

"Nei, det var paraplyen som forårsaket den."

"Jeg tror vi har nok informasjon," sa betjentene.

Jasper viste dem ut.

Jeg gikk inn på kjøkkenet, laget meg en sterk kopp te og åpnet en pakke sjokoladekjeks. Utenfor kunne jeg høre vinden som blåste løvet rundt og rundt. Jeg åpnet bakdøren og ba Moder Natur om å holde opp.

Som forventet ignorerte hun min anmodning.

***

Søndag var en rolig dag. Jeg holdt meg for meg selv, og Jasper behandlet meg som om det var mors dag med frokost, lunsj og middag i sengen. Jeg var fortsatt i sjokk, og aksepterte gladelig rollen som invalid for én eneste dag.

Mandag morgen tok jeg meg til glassutskiftningsbutikken. Alt jeg trengte å gjøre var å betale egenandelen, så skulle de fikse det på stedet.

Telefonen min ringte, og det var betjent Ramsey. Han ba meg komme ned til stasjonen, "og ta med bilen din."

Jeg forklarte hvor jeg var og hvorfor. Han sa at bilen min var "under etterforskning". Han sa at jeg ville være uten bil i et par dager.

Jeg sa at jeg skulle komme så snart som mulig, og forlot stedet.

Senere sto jeg og ventet på rødt lys da jeg la merke til et ungt par som gikk sammen og holdt hverandre i hånden. I den andre hånden hadde han en kopp kaffe. Hun drakk fra en grønn flaske. I det ene øyeblikket var de lykkelige, i det neste slapp hun hånden hans som om den var en varm potet. Han mistet i sin tur den varme kaffen, og den rant ut over buksene og skoene hans.

På et øyeblikk traff han bunnen av flasken hennes, og den fløy opp i luften. Vi som ventet ved lyskrysset, så den fly opp. Den var som en rakett, rett opp i himmelen.

Den kom ned akkurat da det unge paret så opp.

Den traff kvinnens hode først, rikosjetterte mot mannens skalle og rullet langs fortauet og ut i gaten.

Jeg var raskt ute av bilen og ringte 911 underveis. Andre fulgte etter meg og gikk ut av bilene sine. Vi sperret av hele krysset.

Jenta var bevisstløs, og mannen var lys våken.

"Ambulansen er på vei", sa jeg.

Vi hørte sirenene. Så politibilene.

"Hva i all verden gjør dere her?" spurte Ramsey.

"Jøss", svarte jeg.

***

Jeg forklarte situasjonen. Denne gangen var det mange vitner.

Etter at ambulansen hadde satt paret inn i bilen og skrek av gårde, ba betjentene alle om å forlate området, bortsett fra meg. De hadde allerede snakket med de fleste vitnene.

"Skal dere arrestere meg?"

De utvekslet blikk.

"Trenger dere fortsatt å beslaglegge bilen min?" Jeg skrøt, jeg hadde sett mange politiforestillinger.

"Du kan dra hjem," sa Ramsey.

"Vi vet hvor du bor," sa Marshall med et glis. "Bare ikke forlat byen, ok?"

Jeg lo og gikk videre.

***

Det var ingen hendelser på veien hjem.

Jeg satte kyllingen i ovnen, skrellet potetene og skar opp noen grønnsaker, mens jeg tenkte på flygende grønne flasker.

Jeg gikk inn på kontoret og skrev inn "flygende flasker" i en søkemotor. Den lenket meg til en fyr på YouTube som hadde puttet godteri i en flaske og knust den på bakken. Ingenting skjedde. Fascinert fortsatte jeg å se på. Neste gang han knuste den, skjøt flasken opp i luften som en rakett etter å ha truffet ansiktet til en kameramann.

Så kom jeg over noen Myth Busters-eksperimenter som bekreftet at en full flaske hadde potensial til å knuse en hodeskalle. Tomme flasker kunne derimot ikke det — den myten hadde virkelig blitt knust av de to dødsfallene som nylig hadde funnet sted.

Jeg slo av datamaskinen. Jeg ville ikke tenke mer på dette.

På stikkordet kom Jasper inn. "Er alt i orden, mamma?"

Jeg fortalte ham om den siste hendelsen og eksperimentene på YouTube.

"Du tuller, ikke sant?"

Jeg ristet på hodet og gikk ut på kjøkkenet for å røre i potetene.

"Til alt overmål var det Ramsey og Marshall som ble tilkalt til åstedet. De må tro at jeg bringer ulykke."

"Det er en småby, mamma, vi er alle i hverandres saker. Tok noen opp hendelsen på telefonen?"

Ut av munnen på barn. I så fall kan det ha blitt lagt ut på nettet. "Hvordan finner jeg det? Hvilke nøkkelord skal vi bruke?"

Vi gikk inn på kontoret mitt igjen, og der var den.

"Du må fortelle det til betjentene."

Betjent Ramsey svarte med en gang. Jasper sendte ham direktelinken, mens jeg fortalte ham detaljene.

Potetene var nesten ferdige, så jeg helte ut vannet og tilsatte litt salt og pepper.

Jasper og jeg satte oss til bords med fjernsynslyden i bakgrunnen. Det kom en oppdatering om paret som var blitt truffet av flasken. Vi satte fra oss bestikket og rykket nærmere. Speakeren sa at jentas tilstand var kritisk, men at gutten heldigvis var stabil.

Vi var ikke sultne lenger.

***

Jeg sov ikke mye, jeg vendte og vred meg.

Til slutt ga jeg etter og laget meg en kopp te.

Jeg sto med den i hånden og så ut av vinduet på vinden som fortsatt blåste og virvlet ting rundt. Jeg skalv.

I mitt liv skjedde alltid gode og fæle ting i tre.

Jeg gikk inn på kontoret mitt og klikket meg inn på noe informasjon om overnaturlige hendelser, inkludert varsler. Alle tegnene var der. Universet prøvde å fortelle meg noe.

Men hva?

Tegnene tydet på at det kunne være en sint ånd, noen som var blitt myrdet eller drept før sin tid. Noen som hang rundt og søkte hevn. Jeg kunne ikke se noen forbindelse til ofrene. De var tross alt totalt fremmede.

Jeg begynte å skrive som en rasende. Å lage lister hjalp meg alltid til å finne ut av ting.

I kolonne nummer én skrev jeg meg selv. Enslig. Enke. Pensjonist. Én sønn. Gift i 35 år. Ektemannen døde av tykktarmskreft. Stadium 4. Begge foreldrene mine var døde. Jeg var enebarn. Familien vår hadde alltid bodd lokalt. Vår slektsforskning gikk langt tilbake i dette området.

På liste nummer to satte jeg Brent Welch. Han var 33 år gammel og advokat. Jeg googlet dødsannonsen hans. Han var singel. Aldri gift. Bodde alene. Hans slektslinje gikk langt tilbake i dette området også. Hvorfor hadde vi aldri møttes før? Slektningene hans hadde vært med på å gjøre samfunnet vårt til et beboelig sted helt tilbake i pionertiden. Både moren og faren hans var døde. Han var enebarn.

Vi hadde et par ting til felles. Det fikk meg til å våkne.

I neste kolonne skrev jeg Eileen Manny. Hun var 39 år gammel. Hadde en tvillingsøster ved navn Esther som bodde i nærheten. Så mye for den teorien. De hadde lokale røtter, men de gikk ikke like langt tilbake som Brent og mine. Eileen var gift, men mannen hennes var død. Eileens foreldre levde begge, men de hadde flyttet. Eileens datter gikk på samme skole som Jasper. Merkelig at vi ikke hadde møttes før.

Listene mine inneholdt lite informasjon og var til absolutt ingen hjelp.

Søvnig gikk jeg tilbake til sengs, der listene med ubrukelig informasjon virvlet rundt i hodet mitt.

***

Det regnet ekstremt mye, men skyene var ikke der de pleide å være. I stedet var de under meg. Det regnet fra bakken og opp. Nok et tegn på klimaendringer og urban forurensning?

Jeg svevde utenfor meg selv, mens føttene mine forble godt plantet i Tender Tootsies. Bena var skjult under et blomstret, flerfarget skjørt i sekstitallsstil. Det blåste i vinden og blottla dem, mens skjørtet trakk seg ut og inn igjen. Rundt livet hadde jeg et belte av tykt, brunt skinn. Det var for stramt og strammet meg inn.

Var jeg død?

Jeg klypte meg selv i armen. Så ikke død.

Jeg hadde på meg en hvit bluse med høy krage og et halskjede, perler, svarte, en rosenkrans. Jeg kjørte de kjølige perlene gjennom fingrene og forsøkte å lese det hele, men jeg kunne ikke huske hva jeg skulle gjøre med det.

Vinden tok meg, bar meg. Den blåste meg frem og tilbake.

Det lange håret mitt slynget seg nedover ryggen i en stram flette.

Jeg sto på et stykke land, over skyene. Det var ikke mye plass å bevege seg på uten å være redd for å falle.

"Mamma! Mamma! Våkn opp! Vær så snill, våkn opp."

Det var Jasper. Jeg var tilbake.

Jeg skrek da en grønn ildkule svidde håret mitt og smeltet rosenkransen. Det dryppet nedover brystet og gjennom fingrene mine.

***

Jeg satte meg opp og så på fingrene mine, og forventet å se grønne klumper sive gjennom dem, men de var helt rene. Det hadde bare vært et mareritt.

Sønnen min ropte fortsatt etter meg. Jeg løp inn i stuen og åpnet og lukket øynene et par ganger for å forsikre meg om at jeg så det jeg så. For et rot!

En grønn ting hadde krasjet gjennom taket på huset mitt. På vei ned til sitt endelige hvilested (kjelleren) hadde den knust og ødelagt alt på sin vei, samtidig som den sprayet en neongrønn substans rundt i hjemmet mitt som en hund som markerer revir. Grønnfargen kunne ha vært en fin detalj, hvis det ikke hadde vært så mye av det, og hvis det ikke hadde blitt sprutet rundt på en tilfeldig måte.

"Hva i all verden?"

"Hørte du det ikke?" spurte Jasper. "Det var som et lydknall."

Jeg gikk nærmere hullet. Jeg hadde ikke hørt noe som helst. Jeg hadde sovet og drømt. Nå var jeg lysvåken og målløs. Jeg la armene i kors og så ned. Det steg damp opp fra hullet. Jeg strakte ut håndflaten, og selv om det var en etasje under oss, kunne jeg kjenne varmen stige. Jeg prøvde å snakke, men det fantes ingen ord.

Jasper så på meg og ventet på at jeg skulle si noe.

Den så ikke ut som noe særlig, nedfelt i kjellergulvet mitt. Den var ikke rund, firkantet eller eggformet. Den hadde mange ansikter, var tredimensjonal, sfærisk, nesten euklidsk, et solid dodekaeder.

"Burde vi ikke ringe noen?" spurte Jasper mens han lente seg over kanten ved siden av meg.

"Jeg er ikke sikker på hvem vi skal ringe. Vi er ikke skadet, det er huset som er det. Det er ikke et spøkelse, så Ghost Busting-teamet ville ikke hjulpet. Jeg er ikke sikker på om Neil deGrasse Tyson eller noen av vitenskapsmagasinene gjør hjemmebesøk."

Jasper lo. "Jeg skulle ønske Stephen Hawking fortsatt levde."

"Jeg tror dette er mer som en Stephen King-greie," sa jeg.

Vi var i sjokktilstand, men holdt det sammen med humor.

"Vi må gå ned dit og ta en nærmere titt."

"Jeg vet ikke, mamma, den utstråler varme. Det føles som om jeg blir solbrent bare av å stå her."

Han hadde rett, men jeg hadde ikke lagt merke til det, for hetetokter var helt normalt i min alder.

"Hva med politiet?" spurte Jasper, tok frem mobilen og tok noen bilder.

"Jeg vet ikke hva de kan hjelpe med, men de er i hvert fall innen kjøreavstand." Jeg gruet meg til å snakke med betjentene Ramsey og Marshall.

"Jeg tok dette," Jasper viste meg det, "da den kom gjennom taket."

Bildet av tingen i nedadgående bevegelse viste at den brettet seg sammen og foldet seg ut rett før den traff.

"Det er forvrengt", sa Jasper. "Den beveget seg veldig fort."

Jeg ringte politiet, og betjent Ramsey hadde fri i dag, så jeg spurte etter betjent Marshall. Etter at jeg hadde forklart, spurte han: "Er dette en spøk?"

Jeg hadde sendt et bilde før, så jeg sendte et til ham nå. Bevis. Jeg ventet.

Betjent Marshall spurte om noen var skadet, og jeg bekreftet at det bare var huset. Jeg forklarte at vi hadde tenkt å gå ned og ta en nærmere titt. Han foreslo at vi skulle vente på ham og sjekke det ut sammen.

Etter å ha lagt på, gikk Jasper og jeg inn på kjøkkenet, og jeg satte på kjelen.

"Hvorfor vårt hus av alle hus i verden?" spurte han.

"Jeg tenkte akkurat det samme, gutten min." Jeg tenkte også på forsikringsselskapet og hva de kom til å si. Først den knuste frontruten og nå et ødelagt hus. Jeg helte vann i pulverkaffen, og vi satte oss ned.

"Hvis den var laget av jade, ville vi vært stinkende rike", sa Jasper.

"Ja, kineserne kaller jade for himmelens edelsten."

Vi nippet og gikk rundt og så ned, varmen strømmet fra den. Stigende. Jeg lurte på om det kunne være varmt nok til å sette fyr på resten av huset. Jeg bestemte meg for å ringe brannvesenet.

***

Kort tid etter begynte det å ringe på døren vår med uventede gjester. Det var ikke politiet eller brannvesenet. Det var naboene våre. De hørte krasjet, samlet seg og kom for å undersøke (og for å se om vi hadde det bra).

De trengte seg inn og så at både Jasper og jeg hadde det bra.

"Det er jammen varmt her inne", sa Artois fra den andre siden av gaten. Han var kjent for å si det helt åpenbare.

"Hva er det?" spurte kona hans og kikket ned i hullet.

"Din gjetning er like god som min," sa jeg.

"Politiet er her", sa Jasper, og han gikk for å slippe dem inn.

"Gå tilbake til hjemmene deres", forlangte betjent Marshall, men ingen rørte seg.

Brannmennene ankom med slangene klare. De fulgte varmen og sprayet objektet ovenfra. I stedet for å bli kjøligere, hveste den, og den spyttet. Mer damp kom ut. Det ble stadig varmere, så varmt at klærne våre smeltet.

"Trekk tilbake! Trekk tilbake!" krevde betjent Marshall. Gutta i beskyttelsesklærne kjente ikke varmen slik vi gjorde. I løpet av få sekunder innstilte de vannangrepet.

Akkurat da kom forsikringsselskapets representant. "Jøss!" sa han.

Det var det siste jeg hørte.

***

Jeg våknet i sengen med dynen trukket opp til halsen, sikker på at jeg nettopp hadde hatt et mareritt om en grønn ting som falt ned gjennom taket. Jeg gikk ut for å undersøke.

I stuen så jeg et gigantisk øseapparat som ble senket ned i hullet med den hensikt å løfte det grønne krateret ut av huset mitt. Det hørtes ut som en god plan.

Munnen på tingen åpnet seg, stor, større, så stor som den kunne bli. Den gikk under tingen med kjevene klare og klemte til.

"Alle systemer er klare!" ropte noen.

Apparatet vred seg og knirket. Det sang ut og ga etter med et sukk og en brukket kjeve. Metalltennene ble bøyd og vridd da det som var igjen av løfteapparatet, ble trukket opp igjen.

"Hva skjer nå?" spurte jeg.

"Ma'am," sa betjent Marshall, "kan ikke du og sønnen din ta inn på hotell i noen dager? Kanskje du til og med har en forsikring som dekker det."

"Det er Guds vilje", sa jeg.

"Svogeren min er forsikringsmann, og jeg spurte ham om det. Han sa at de fleste forsikringer dekker meteorer, så hvis vi kan finne ut om dette er en meteor, vil alt være dekket."

"Og hvem bestemmer hva det er eller ikke er?"

"Vi har kontaktet noen som kanskje kan gi oss råd eller peke oss i riktig retning."

Jeg satte meg ned i favorittstolen min - uten unntak min lille fred i kaoset.

***

Da ingen så på, gikk jeg ned for å ta en nærmere titt på tingen. Etter hvert som jeg kom nærmere, syntes det å være en lyd, en summing eller surring som ble sterkere jo nærmere jeg kom, i tillegg til at varmen økte. Det var også en lukt som fikk meg til å holde hånden for nesen.

Da jeg sto ved siden av den, fikk jeg en følelse av at alt var snudd opp ned. Da jeg så opp, speilet gjestene som sto i stuen seg i etasjen under, som om kroppen deres befant seg i øverste etasje og skyggen deres svevde gjennom gulvet sammen med meg. Det var en merkelig følelse, som om jeg var der nede, men ikke alene.

De skyggelignende tingene var speilbilder med grønne lys, energi som førte til objektet. Jeg studerte gjestene oppe og deres motstykke nede; når de beveget seg, beveget også den skyggelignende energien seg.

Jeg gikk rundt en av strålene og nærmere den falne massen, og varmen avtok. Hvis jeg fulgte mønsteret ved hjelp av skyggeenergiene, kunne jeg komme nærmere den falne gjenstanden.

Da jeg undersøkte den nærmere, ble jeg tiltrukket av spaltene på overflaten. De var formet som øyne, men det var verken pupill, øyelokk eller øyevipper. Etter å ha gått rundt den følte jeg meg svimmel.

For å stabilisere meg støttet jeg armen mot veggen. Før jeg visste ordet av det, hadde veggen forskjøvet seg, og jeg befant meg utenfor huset mitt. Kjellerveggen var blitt til en dreieskive.

Bortsett fra gresset var det ingenting som så ut som det skulle. Skuret var borte, og det samme var sykkelstativet og sykkelen til sønnen min. En annen ting var at alle nabohusene var borte.

Jeg begynte å gå og ønsket at jeg hadde et tau festet til huset som jeg kunne holde meg fast i i tilfelle jeg gikk meg vill,

Jeg så opp, og det var ingen sol og ingen himmel. Det som hadde erstattet dem, var bare grønt over og rundt, bortsett fra trærne. Trærne var uten grener, bare stammer som strakte seg mot himmelen.

Jeg klypte meg i armen for å forsikre meg om at jeg var våken. Det var jeg.

Jeg snudde meg og observerte huset mitt. Det nærgående objektet var synlig, halvt inne og halvt ute.

Et øyeblikk ville jeg snu, helt til en følelse kom over meg. Jeg fikk lyst til å synge, og det gjorde jeg. Tom Jones' The Green, Green Grass of Home.

Jeg svaiet og danset med meg selv, det var som om jeg svevde på en sky. Så tenkte jeg på en hånd, min mann Luthers hånd.

Jeg kastet armene rundt halsen hans, og han gjorde det samme rundt min.

Vi kysset hverandre, og vi danset.

Da sangen var slutt, bøyde han seg, sendte meg et kyss og forsvant.

Jeg tørket bort en tåre.

***

Jeg følte meg mer alene nå enn den dagen han døde, og jeg la armene rundt meg selv og beveget meg mot huset.

Da jeg kom inn igjen, ble jeg tiltrukket av gjenstanden som så ut til å bevege seg og summe. Det var noe annet, det dreide mot klokken.

Ovenpå hørte jeg et skrik etterfulgt av et brak. En kropp falt gjennom hullet, forenet seg med sin skyggenergi og kom til hvile på overflaten av objektet. Mannens kjøtt syklet og spyttet, helt til alt som var igjen, var en X-form der mannens armer og ben hadde spredd seg.

Magen min surret da jeg gikk opp trappen.

***

De tomme ansiktene sa alt.

Jeg gikk bort til Jasper og spurte hvem mannen var. Han forklarte at det var en kameramann fra lokalavisen. Han hadde forsøkt å få det beste bildet, men hadde lent seg for langt inn.

"Alle sammen ut!" forlangte Marshall. Denne gangen godtok han ikke et nei.

Jasper og jeg hadde hjemmet vårt for oss selv igjen, det som var igjen av det i alle fall.

***

Betjent Marshall og to andre betjenter var stasjonert på forsiden av huset mitt.

Ytterligere to betjenter ankom og ble stasjonert på baksiden.

De sperret av området med tape. Nysgjerrige naboer måtte krysse gaten.

Jasper og jeg trakk gardinene for og kikket ut akkurat da en prosesjon av svarte biler bråstoppet. Dørene åpnet seg samtidig, som i en scene fra Men in Black. Svarte dresser. Ray-bans.

"Å, kjære vene", sa betjent Marshall. "Jeg tror eksperten vi kontaktet, kan ha tilkalt myndighetene."

"Jøss, det gjorde han virkelig", sa jeg.

"Jøss", utbrøt Jasper da han fikk øye på den eneste kvinnen i følget.

Hun var kledd i en rød, todelt dress med skreddersydd jakke og skjørt som gikk over kneet. Under jakken bar hun en hvit bluse med åpen krage og et halskjede med et diamanthjerte. Et par syv tommer høye, røde hæler og en matchende håndveske toppet looken.

Mennene holdt seg tilbake da kvinnen kom opp trappen.

Hun var helt klart flokkens leder.

Jasper og jeg gikk ut i entreen sammen med Marshall og de to andre betjentene. Vi dannet en halv hestesko.

Kvinnen viste legitimasjon. Hun var fra Homeland Security, og hun hadde en annen agent med seg. Det var to fra FBI, to fra CIA og to fra Avdelingen for beskyttelse av utlendinger. To fra Secret Service.

"Hvor er den?" spurte kvinnen. Hun het Charlotte Cassidy. Hun tok av seg de mørke solbrillene, og det ravnsorte håret sto i kontrast til de blå øynene hennes. I hånden bar hun en gjenstand som tikket. "Den er ikke så stor som jeg hadde forestilt meg." Hun nærmet seg hullet med apparatet utstrakt, og det ble stille.

"Strålingsdetektor?" hvisket Jasper.

Jeg trakk på skuldrene.

CIA-mannen, Frank Dune, tok stadig på seg solbrillene og tok dem av igjen selv om han var inne i hullet. Det var veldig irriterende. Partneren hans, Jake Flatts, ga ham en albue og ba ham slutte med det. "Frue, hva vet du om denne gjenstanden?"

"Den falt gjennom taket mitt. Den er latterlig varm. Den summer, noen ganger surrer den. De prøvde å bruke en gaffeltruck for å få den ut herfra, men den gikk i stykker." Jeg rykket nærmere og gjorde tegn til å forklare om den X-formede formen som den døde fyren hadde etterlatt seg.

"Den er borte," sa Jasper.

"Hva er borte?" spurte Charlotte.

Betjent Marshall blandet seg inn. "En fotograf falt ned i den og smeltet på den. Det var et avtrykk av kroppen hans, formet som en X, men det er ikke lenger synlig."

"Kanskje det aldri har vært der?" sa hun.

"Det var der absolutt," sa jeg. "Vi har mange vitner."

"Herregud!" sa en av karene fra Department for The Protection of Aliens (T.D.F.T.T.P.O.A.). Han het Alex Greene, og han var ivrig etter å dra ned og se det.

Charlotte tok ledelsen og foreslo at gruppen skulle dele seg. Hun pekte på hvem som skulle bli igjen oppe og hvem som skulle bli med henne ned. Jeg ble inkludert i den sistnevnte gruppen.

Alex Greene og partneren hans Jessie Filtch var tydelig misfornøyde med å bli ekskludert, men Charlotte mente det var best at hun og teamet hennes fikk tilgang til faren først, før de andre ble sluppet løs.

***

Da jeg nådde den nederste trappen, etter å ha gått sakte slik at jeg kunne tenke underveis — noen ganger har det sine fordeler å være gammel — lurte jeg på om jeg burde fortelle dem om dansen med mannen min. Jeg innså at jeg burde gjøre det, selv om det egentlig ikke angikk dem.

Jeg la straks merke til en endring i gjenstanden. I to av de øyelignende åpningene var det to ekte øyne. Fargen var imidlertid ikke menneskelig, for det var grønne flekker i bakgrunnen, og i stedet for pupillen var det noe ildrødt. Jeg gispet og gikk videre.

Da jeg hadde kommet meg, forventet jeg at gjestene ville bli forbløffet eller i det minste interessert i skyggene som kom fra folkene ovenpå. Merkelig nok så de ikke ut til å legge merke til det.

Charlotte var opptatt med å vifte med den ikke lenger tikkende tikkeren sin. Hun kom nærmere meg. "Hva er det egentlig som bekymrer deg med denne greia? Den virker helt ufarlig for meg."

Jeg ble reddet fra å si noe jeg ville ha angret på av P. G. Willow (forkortet Penguin), representanten for den nasjonale sikkerhetstjenesten. "Kan du være litt følsom? Denne kvinnens hus har blitt invadert og slått i stykker." Han tok en pause: "Har du tenkt på at den kan klekkes?"

"Det har ikke engang form som et egg," svarte Charlotte etter å ha fnyst.

"Et egg slik vi kjenner det," repliserte Penguin.

Charlotte himlet med øynene.

"Det som bekymrer meg," sa jeg og prøvde å ikke høres for sint ut selv om jeg følte meg sint, "er ikke så mye denne tingen, men alle dere som tramper gjennom hjemmet mitt. Hvorfor er dere her egentlig? Hvorfor er ikke folkene fra Department for The Protection of Aliens her nede i stedet for FBI, CIA og Homeland Security?"

"Det er veldig varmt," tilbød Charlottes skrankemann fra Homeland Security. Han het Brad Hitt, og han var flink til å si det helt åpenbare, akkurat som naboen min hadde vært.

Jeg slynget meg rundt og forsøkte å trekke oppmerksomheten mot skyggene. Gikk inn og ut av dem. Jeg så ingenting.

Var jeg den eneste som kunne se dem?

"Hva er de hullene i overflaten?" spurte Hitt.

Jeg gikk inn og spurte hvilke. Jeg lurte på hva han kunne se og ikke kunne se. Han sa at det var hundrevis eller tusenvis av tomme, spaltelignende ting. Så strakte han ut hånden og ville ha tatt på tingen hvis jeg ikke hadde stoppet ham i tide.

"Prøver du å ta livet av deg?"

Charlotte brøt inn: "Jeg tror vi har sett nok. Den må kjøles ned. Ring brannvesenet. Når de har kjølt den ned, kan vi rulle den ut herfra. Lett som en plett."

Jeg fortalte henne hva som skjedde da brannvesenet prøvde det.

Charlotte snakket direkte inn i telefonen: "Den aktuelle gjenstanden varmes opp når man heller vann på den. Jeg gjentar, den varmes opp i stedet for å kjøles ned når det helles kaldt vann på den." Hun krysset rommet. Vi fulgte alle etter.

"Vent litt," sa Hitt. Vi ventet alle sammen. "Glem det," sa han.

Charlotte og følget hennes gikk etter å ha gitt oss spesifikke instruksjoner:

#1. Ingen nye får komme inn i huset.

#2. Ingen legger ut noe på sosiale medier eller andre steder uten hennes tillatelse.

Så var de borte, bortsett fra to.

***

Tilbake var Alex Greene og partneren hans, Jessie Filtch. De to karene fra Avdelingen for beskyttelse av utlendinger.

"Mamma, kan vi snakke sammen?"

Vi unnskyldte oss og gikk inn på kontoret mitt.

"Mamma, jeg synes de to karene er idioter."

"Jasper, for noe å si."

"Jeg synes vi burde ringe noen, en ekspert. Som Sam og Dean i Supernatural. De vet hva vi skal gjøre."

Jeg ristet på hodet. "Jasper, de er fiktive karakterer."

"Jeg vet det, mamma, men det må finnes noen sånne typer i virkeligheten."

"Hvorfor surfer du ikke på nettet og ser hva du kan finne?"

Jeg forlot Jasper på kontoret og gikk for å finne Alex og Jessie. De hadde på seg noe merkelig beskyttelsesutstyr, inkludert uniformer og masker, og med våpnene de bar på, så de ut som Ghostbusters.

Jeg hadde forventet å lede an, men i stedet fulgte jeg etter guttene. De slepte på så mye ekstrautstyr, slanger og dingser. En av guttene tikket og gikk.

Guttene samarbeidet godt, med en merkelig osmose. Den ene visste hva den andre tenkte før han kommuniserte. De beveget seg nær objektet og iført vernehansker la de hendene på det. Draktene deres gjorde jobben — til å begynne med. De utvekslet blikk og ga hverandre en tommel opp.

Jeg gikk litt nærmere og kjente en merkelig lukt. Det var noe som brant. Først lyste Jessies hanske opp, og så Alex'. De løp bort til vasken og rev av seg de oppløste hanskene med den andre hånden. Hendene deres var blitt brent, men det var ikke så ille som det kunne ha vært.

"Whoa!" sa Jessie etter at han hadde tatt av seg masken. "Den jævelen er hetere enn helvete."

Dette sannhetsutbruddet fikk meg til å le da Alex tok av seg masken. "La du merke til den greia?

De to mennene så på hverandre og deretter på meg. Jeg var ikke sikker på hva de siktet til, så jeg holdt munn.

"Ja", sa Jessie. "Øynene."

Jeg var overrasket over at de kunne se dem, og sa det.

"Vent litt," sa Alex. "Mener du at du kan se dem uten øyeutstyr?"

Jeg nikket.

"Hva annet kan du se?" spurte Jessie.

Jeg nølte og sa at jeg straks skulle komme tilbake. De tok pä seg hettene igjen, og jeg gikk opp for å demonstrere skyggeenergien. Jeg ventet og forventet å høre noe fra dem, som et skrik av fryd, men jeg hørte ingenting."

"Å, du er tilbake", sa de.

"Har du lagt merke til noe?"

"Kan jeg få låne toalettet?" sa Alex, og gikk opp trappen.

Jessie tok på seg hetten, og da Alex kom tilbake, utvekslet de blikk.

"Så dere kan se skyggene?"

"Vi stakk hendene gjennom den," innrømmet Jessie. "Og vi har også lest den."

Jeg rykket nærmere. "Vel, ikke hold meg i uvisshet."

"Det er en ionisert luftglød, Rydberg-atomer, derav grønnfargen," sa Alex. "Det er vanskelig å forklare, for det oppstår vanligvis bare i verdensrommet eller på steder som nordlyset. Det er ekstremt sjeldent, jeg mener, det er uhørt i noens kjeller."

Jeg hadde munnen åpen. Jeg lukket den igjen.

"Aluminiumsbasert," forklarte Jessie. "Ikke giftig eller farlig. Vi tror gjenstanden er her ved et uhell, langt, langt borte fra. Med tanke på størrelsen og formen, for ikke å snakke om vekten, blir det ikke lett å sende det tilbake. Faktisk har vi sannsynligvis ikke teknologien til å gjøre det."

"Jeg trenger en drink," sa jeg.

Mens jeg var på vei opp trappa, spurte Jessie: "Hva med veggen?"

"Hvis hun kan se den," sa Alex.

Jeg lot som om jeg ikke hadde hørt dem, og fortsatte. Så kastet jeg i meg en whisky.

"Mamma?"

"Jeg er på kjøkkenet, vennen."

"Jeg har funnet to karer, som Sam og Dean. De er på vei hit nå, omtrent førtifem minutter unna, og bruker GPS-en sin. Jeg håper det er greit, men jeg tilbød dem en løpende regning. Opp til hundre dollar for å dekke utgiftene deres."

Jeg smilte. "Det er greit."

"De har en nettside og massevis av vitnemål og erfaring med det overnaturlige, det okkulte og det utenomjordiske."

"Bra jobbet, Jasper. Gi meg beskjed når de kommer. I mellomtiden skal jeg holde de to gjestene i underetasjen opptatt."

"Går det bra, mamma? Du ser litt sliten ut?"

"Jeg er trøtt, men jeg gleder meg samtidig.

"Jeg også!"

***

Jeg gikk tilbake til kjelleren og bekreftet at jeg kunne se den.

"Har du gått gjennom den? Til den andre siden?" spurte Jessie.

"Jeg gikk bort og lente meg mot veggen slik." Jeg demonstrerte det, og gikk rett gjennom igjen. Guttene hadde allerede kledd på seg, og de fulgte etter.

"Hvordan er luften?" spurte Jessie.

"Den er frisk og vakker."

De tok av seg maskene.

"Når la du først merke til tomrommet?" spurte Alex.

"Egentlig ikke, jeg bare lente meg inn i det ved et uhell."

"Det ser veldig rart ut med all denne grønne himmelen", sa Alex. Han tok på gresset og sa at det føltes kunstig.

De gikk i motsatt retning av der jeg hadde gått før. Jeg fulgte tett etter. Vi gikk en god stund, mens vi lyttet nøye til stillheten. "Hvorfor kalte dere det tomrommet?"

"Han bare tullet," sa Jessie. "Tomrommet er det de kaller noe slikt i spillverdenen eller den virtuelle virkeligheten. Vi er ikke sikre på hva dette er ennå, men vi føler at denne verdenen er den verdenen gjenstanden din stammer fra."

"Faktisk," la Alex til. "Den tingen ville vært kamuflert her, som en kameleon."

Jeg hørte en høylytt plystrelyd. Det var interessant å merke seg at jeg kunne høre lyder fra huset mitt på dette andre stedet. Alex og Jessie reagerte ikke på lyden da jeg gikk tilbake til inngangspartiet og gikk rett inn. Guttene var meg i hælene, men de kom ikke gjennom. Jeg strakte hånden inn i tomrommet (i mangel av et bedre ord) og trakk den tilbake. Det var fylt med en geléaktig grønn substans. Jeg gikk inn igjen med begge hender, og strakte meg desperat etter Jessie og Alex. Jeg ropte navnene deres gjennom veggen og forsøkte til og med å presse meg gjennom igjen, men uten hell.

Jasper hvisket høyt.

"Få dem ned hit, Jasper, jeg tror vi trenger deres hjelp — NÅ."

***

Vår Sam og Dean var to unge gutter, knapt eldre enn Jasper. De var lastet med utstyr på vei ned trappene. Den høyeste av de to hadde blondt hår og het Bert (en forkortelse for Albert), og den andre ungdommen, som hadde en frisyre i militærstil, het Leo (en forkortelse for Galileo).

Etter at vi hadde utvekslet noen høflighetsfraser, forklarte jeg om de savnede agentene og tomrommet.

Leo snakket inn i en mikrofon han hadde på telefonen sin. Han beskrev objektet, inkludert størrelse og dimensjoner. Han ba meg forklare hvordan tomrommet fungerte.

Bert gikk bort til det grønne objektet for å se nærmere på det. Han strakte ut hånden og tok på gjenstanden før jeg rakk å stoppe ham. "Den er helt kul", sa han. "Jeg mener temperaturmessig. Med tanke på Jaspers beskrivelse av den tidligere, vil jeg si at noe har kortsluttet."

Jeg tok på den selv; den føltes usedvanlig glatt og kjølig. Jeg lette etter øyeparet, men uten hell. Jeg undret meg over skyggene og ba Jasper om å løpe opp trappen, så jeg kunne sjekke det ut. Jeg så ingenting. Bert og Leo fulgte oppmerksomt med på meg.

"Jeg tror at den som eier denne greia, må ha en traktorstråle på den."

"Vi burde si, HADDE en trekkstråle på den," sa Bert. "For det ser ut til at den ikke fungerer som den skal."

"Kan jeg komme ned nå?" spurte Jasper.

Jeg ba om unnskyldning for at jeg hadde glemt ham.

"Hva heter gutta på den andre siden?" spurte Leo.

Vi ropte til dem. Men ingenting.

"Så, traktorstrålen," sa jeg, "den sluttet å virke, så hvordan fikser vi den? Og hvis vi fikser den, vil de være i stand til å hale den inn igjen?"

"Hvis vi kan få tomrommet til å åpne seg, så kan vi skyve objektet gjennom," sa Leo.

"Og få karene tilbake," la Jasper til.

Jeg ville fortsatt ha et enormt hull i taket, men da kunne jeg i det minste få det fikset.

Sammen sto vi fire på den ene siden av gjenstanden. "Jeg teller til tre," sa Bert, og så skjøv vi på den med alt vi hadde.

"Det var en smart idé," sa Bert da vi ikke klarte å flytte den en tøddel. Han nølte et øyeblikk, og så spurte han: "Da dere var på den andre siden, følte dere noen fare?"

Jeg tenkte meg om. Jeg hadde ikke det, og sa det. "Én ting," innrømmet jeg. "Jasper, dette vil komme som et sjokk på deg. Jeg hadde håpet å kunne fortelle deg det under fire øyne."

Jeg forklarte om dansen med mannen min. Bekymret spurte jeg Jasper hva han syntes om det. Han sa at han bare ønsket at han hadde vært der sammen med meg.

"Spurte han om meg?"

Jeg skulle ønske han hadde gjort det, men det hadde han ikke. Alt skjedde så fort.

"La meg få én ting på det rene," avbrøt Alex. "Det var ikke mannen din. Det var en manifestasjon av mannen din. Overnaturlige vesener kan lese tanker, noen kan mane frem ånder og til og med gjenskape de levende."

"Men han føltes ekte, til og med lukten var ekte."

"Det er akkurat det de vil at du skal tro," sa Leo.

Utenfor hørte jeg bildekkene stanse med et skrik.

"De er tilbake," sa jeg mens vi gikk mot inngangsdøren.

"Pokker heller," sa Leo og Bert. "Vi har rett til å være her. Vi skal ingen steder."

Jeg åpnet døren.

Vi sto fast på plass med en sterk følelse av besluttsomhet og fast bestemthet på at vi ikke ville la oss flytte.

***

Denne gangen var det ikke Charlotte som ledet an. I stedet var det presidenten.

Han var høyere enn alle andre, kledd i en tykk frakk som ble fremhevet med et par skinnhansker. Livvaktene hans holdt seg tett inntil ham, snakket i mikrofoner og var synlig hissige.

"Herr president", sa jeg med en nigning. Han strakte ut hånden uten hansker. Jeg presenterte ham for Jasper, deretter Bert og Leo. "Velkommen til mitt hjem, herr president."

Han bøyde hodet og kom inn og spurte: "Så, hvor gikk de gjennom?"

Hvordan visste han det? Hadde de avlyttet huset mitt? Jeg var irritert og sa det.

Charlotte kom frem med telefonen utstrakt og trykket på play. På telefonen lå det en melding fra Jessie og Alex.

"Du store min!" utbrøt Bert.

"Hvorfor tenkte vi ikke på det?" spurte Leo.

"Det ville dere vel ikke ha gjort nå?" sa Charlotte med en upassende arroganse som presidentens hevede øyenbryn tydet på at han ikke var fornøyd med.

"Bli med meg," sa jeg og førte dem ned i kjelleren.

"Vent litt," sa presidenten. "Hvorfor avgir ikke denne greia varme lenger?" Han snudde seg mot Charlotte. "Jeg trodde du sa at den var rødglødende."

Charlotte innså at presidenten hadde rett, og ba om en oppdatering.

"Det ser ut til å ha skjedd da karene gikk inn i tomrommet," tilbød jeg.

"Ring dem igjen", beordret presidenten, og Charlotte prøvde, men de svarte ikke.

Bert sa til presidenten: "Vi vurderte nettopp muligheten for å rulle den ut herfra nå som den er avkjølt. Hvis vi kan åpne tomrommet og få guttene inn og den ut, kan det betraktes som en utveksling av godvilje."

"Til hvem?" spurte presidenten.

"Til den som sendte den hit," sa Leo.

"Fortell meg mer," sa presidenten, og snart var også Charlotte og følget hennes samlet rundt og lyttet.

"Vi tror," sa Leo, "at den som har sendt den hit, må ha hatt en traktorstråle på den. Vi tror at trekkstrålen ikke fungerte — men uansett må vi få de to karene ut før den slår seg på igjen."

Presidenten håndhilste på Leo og Bert. Han snudde seg mot Charlotte. "Ansett disse to."

Guttene ble smigret, men avslo tilbudet, og fortalte så om sine tidligere erfaringer med det overnaturlige, det okkulte og det utenomjordiske. De fortalte presidenten om sine mer enn fem millioner treff på YouTube og millioner av følgere på sosiale medier.

"Det er veldig imponerende", sa presidenten. Hånden hans gled ned i lommen, og han trakk frem to visittkort og ga dem til guttene. De ga ham visittkortene sine i sin tur.

"La oss nå komme til saken", sa presidenten. "Hvordan vi kan få gutta våre tilbake, og det pronto."

Jeg lente meg mot veggen, som jeg hadde gjort før, og håpet å komme gjennom, men denne gangen gikk det ikke.

***

Vi klarte å flytte det grønne objektet en anelse, slik at det var i posisjon hvis tomrommet åpnet seg.

"Alt vi kan gjøre nå, er å vente", sa presidenten. Så kalte han Charlotte bort til seg, takket oss for at vi hadde vært fremragende borgere, og gjorde så et forslag om å dra.

"Kan jeg be om en tjeneste?" sa Bert.

"Klart det," sa presidenten.

"Kan vi ta en selfie til nettsiden vår?"

Presidenten sa: "Ikke noe problem", og de tok flere.

Vi gikk ovenpå og ventet på et tegn. Et hvilket som helst tegn.

***

Dag ble til natt.

Utenfor suste vinden og skranglet i taksteinene som om den løp et kappløp mot seg selv. Jeg lukket øynene, grøsset, kikket opp gjennom hullet i taket og fikk øye på en lysstråle i den stjerneklare natten.

Jeg gispet, og snart sto alle i nærheten av meg og så opp.

"Jøss!" utbrøt Leo. "Jeg tror det er traktorstrålen."

"Snakk om å stråle meg opp, Scotty!" sa Bert.

Traktorstrålen kom ned, slynget seg gjennom hullet og ned i kjelleren, der den festet seg på den grønne gjenstanden. Traktorstrålen var også grønn, men den skimret og ristet da den strakte seg ut og tok tak i tingen.

Da den hadde et fast grep, så det ut til at den stoppet, for så å starte motorene. Lyden var øredøvende, og vi holdt oss alle for ørene mens den først løftet gjenstanden bort fra veggen og deretter sakte, men sikkert opp mot himmelen.

Vi kunne ikke ta øynene fra det. Vi kunne ha vært i fare — likevel kunne vi ikke se bort. Den steg høyere og høyere, og inn i nattehimmelen. Vi gikk ut for å se mer av hva som befant seg i den andre enden, men fra alle synsvinkler var det ingenting å se, bortsett fra strålen fra en grønn linje som bar objektet bort.

Da det var helt borte, så høyt oppe at det var usynlig for det blotte øye, ble vi stående stille sammen til jeg sa: "Ok, objektet er borte, men hva skal vi gjøre med Alex og Jessie? De er fortsatt fanget i tomrommet."

"Vi trenger vel en plan B," sa Leo.

"Det overlater vi til deg," sa Charlotte mens hun trykket på hurtigoppringingen på telefonen sin og informerte presidenten, før hun erklærte saken for avsluttet. "Det er ingen sikkerhetsproblemer her, og ingen romvesener." Hun og følget hennes pakket sammen og satte kursen mot bilene sine.

"Vent et øyeblikk!" ropte jeg. "Bryr du deg ikke engang om mennene dine?"

"Kollateralskade", sa Charlotte mens hun smalt igjen bildøren. De kjørte av gårde.

"Det er vel opp til oss," sa jeg.

Bert og Leo så på hverandre.

Bert sa: "Jeg er lei for det, men vi vet ikke hva vi skal gjøre eller hvordan vi skal få dem tilbake. Vi skal også dra og få oss litt søvn. Vi ringer dere i morgen tidlig hvis vi kommer på noe."

Jasper og jeg moret oss ikke. Nå som gjenstanden var borte, dro alle. De forlot oss.

Jasper gikk på rommet sitt, og jeg tok på meg pysjen, mens jeg hele tiden tenkte på de savnede mennene. Jeg forsøkte å distrahere meg selv ved å lese en krimroman, men mysteriet rett under mitt eget tak krevde min oppmerksomhet. Etter to timer med å snu og vende på meg sto jeg opp for å lage meg en kopp te.

Jeg ville ha tatt på meg frakken hvis jeg hadde visst at det var gjester på vei.

***

Mens jeg nippet til teen og lurte på hvordan jeg kunne løse dilemmaet, stirret jeg opp på stjernene mens en tåre trillet nedover kinnet mitt. To menn var fortapt et sted i tomrommet, uten familie, uten venner, uten land. De hadde vært modige borgere. De fortjente bedre.

Jeg tok en sjokoladekjeks og skulle til å ta en bit da jeg la merke til en glitrende grønn stjerne. En grønn stjerne? Jeg gned meg i øynene, men den var der fortsatt og blunket til meg. Jeg gikk ut for å se hele nattehimmelen.

Det var ikke en stjerne.

Den beveget seg, falt raskt i min retning og ble større og større.

"Å nei!" ropte jeg til ingen. Så ropte jeg på Jasper, og han kom løpende ut. Jeg pekte opp, mens jeg vurderte et raskt trekk hvis vi måtte komme oss unna den.

Da avstanden mellom dem og oss ble mindre, kunne vi ikke holde tilbake begeistringen og hoppet av glede da den stanset, og der var de.

To svarte paraplyer åpnet seg, Alex og Jessie grep tak i hver sin, og så begynte nedstigningen mot oss. Iført drakter laget av et reflekterende materiale falt Alex og Jessie forsiktig ned mot oss.

Etter å ha landet mykt, tok de to frem to grønne flasker fra innsiden av draktene sine. Etter å ha åpnet toppen, drakk de ned innholdet. De klatret ut av draktene og avslørte klærne de hadde reist i. De stakk flaskene inn igjen og festet dem til paraplyene.

Traktorstrålen festet seg på paraplyene og draktene. Vi vinket mens gjenstandene ble trukket mot himmelen, og så på til vi ikke kunne se dem lenger.

"Velkommen tilbake!" utbrøt Jasper og jeg.

"Jeg kunne drept en kopp te!" sa Alex.

"Jeg foretrekker en shot whisky," sa Jessie.

"Hvem var de?" spurte jeg. "Eller burde jeg si HVA var de?"

"Alt til sin tid," sa våre to hjemvendte helter unisont. "Men først må vi ha kjeks og noe å drikke."

De vendte seg til å være tilbake, mens jeg dekket på. Vi satt sammen ved middagsbordet og nippet. Ventet. De hadde ikke noe å si. Ingen spørsmål til oss, selv om den enorme, grønne gjenstanden ikke lenger befant seg i hjemmet mitt.

Tålmodigheten min begynte å ta slutt, så jeg ba dem fortelle oss hva som hadde skjedd.

"Det var en kort ferie", sa Alex.

"Ja, en betalt ferie," sa Jessie.

Jeg reiste meg opp. "Hva mener du med det? Hvor har dere vært? Hvem hadde deg? Var du fengslet? Hvordan var de? Hvordan overbeviste du dem om å sende deg tilbake?" Jeg satte meg ned igjen.

Jasper fortsatte: "Og hva var den grønne tingen? Hvorfor var den her? Var det noen som fikk juling for å ha mistet den?"

Mennene så på hverandre med tomme ansikter. De ante ikke hva vi snakket om. Snakk om aningsløse.

"Mamma, jeg tror romvesenene har slettet tankene deres."

"Enig. Snakk om å begynne på bar bakke."

Det var ikke noe annet vi kunne si eller gjøre enn å legge oss til å sove. Jessie la seg i sofaen, Alex i La-Z-Boy-stolen.

Alex hoppet opp. "Å, før jeg glemmer det."

Jessie hoppet også. "Ja, vi har noe til deg."

Jasper og jeg så på hverandre, det var som om de hadde fått en støkk eller et sjokk.

Jessie trakk opp av lommen en grønn, skimrende koffert. Det dirret da jeg tok det i hånden, og det føltes veldig kjølig. Jeg åpnet den og gispet. Inni lå min manns St. Christopher-medalje. Den jeg hadde gitt ham på vår første bryllupsdag.

Alex ga en lignende gjenstand til Jasper. Inni lå klokken til faren hans. Jasper satte den rett på håndleddet sitt. "Sa han noe om meg?"

Alex sa: "Han ser dere hver eneste dag, dere begge to. Det er sant det de sier, de vi elsker, er aldri langt borte fra oss."

Både Alex og Jessie hoppet denne gangen i kor. "Vi må gå."

"Hva nå?" spurte jeg. "Går det bra med dere?"

"Ja," sa de sammen. "Vi har noe vi må levere til presidenten. Nå."

En bil stoppet utenfor, og de kjørte av gårde.

***

"Vi må levere den til ham selv", forlangte Jessie og Alex.

Det var midt på natten, men presidenten gikk med på å ta imot dem.

Da de kom inn i Det ovale kontor, satt presidenten i sin silkebadekåpe.

"Hva har dere to til meg?" spurte presidenten.

Sammen presenterte Jessie og Alex gjenstanden for ham. Det var en usedvanlig stor, grønn knapp. På den sto følgende ord: "PUSH ME. BARE GJØR DET."

"Hva vil skje?" spurte presidenten.

"Det vet vi ikke."

"Jeg må spørre noen, en av rådgiverne mine. Jeg kan ikke bare..."

"Men du er presidenten," sa Jessie.

"Ja, du kan gjøre hva som helst, ikke sant?"

Presidenten la den grønne knappen på skrivebordet ved siden av den røde. Sammen så de ganske julete ut.

Jessie og Alex sa: "Utenfor. Utenfor. Utenfor."

"Ok, gutter, ok," sa presidenten. "La oss gå."

Vel ute kunne ikke presidenten vente med å trykke på den, og det gjorde han.

Himmelen skiftet fra blå til grønn da en traktorstråle dekket landet fra kyst til kyst og hentet opp hver eneste AR-15.

EPILOG

Langt, langt borte, på planeten med den grønne himmelen og den grønne jorden, men der trærne ikke var annet enn stammer, gjenbrukte romvesenene de jordiske materialene de hadde samlet inn.

AR-15-geværene ble formet til grener.

Flaskene ble hengt opp i grenene, og de fløytet i vinden.

Paraplyene beskyttet mot regn og sol.

Når romvesenene trengte flere AR-15, lyste de på knappen, og presidentene trykket alltid på den.

DARRYL OG MEG

SAMME DAG SOM JEG fant ut at jeg var gravid, døde mannen min.

Jeg er i en krigssone. Jeg er ikke alene. Barnet mitt er med meg, inni meg.

Jeg legger armene i kors over barnet mitt og beskytter det mens jeg går nedover gaten mens bombene eksploderer rundt oss. Jeg prøver å finne ly for oss, men bombene kommer nærmere og nærmere.

Jeg er fortapt, men ikke redd. Barnet mitt sparker meg i hånden for å berolige meg. Vi knytter bånd sammen mens resten av verden går i oppløsning.

Jeg stopper opp og ser på meg selv i et speil midt i gaten. Jeg har på meg en knallrød kjole med matchende røde sko og svarte strømper. Jeg fluffer håret med fingrene, og stikker hånden ned i vesken etter litt lippy. Jeg lager et avtrykk av et kyss på glasset, kaster hodet bakover og tar en selfie. Jeg legger den ut på Instagram. Eller prøver å gjøre det. Jeg er ikke sikker på om jeg har nok streker.

Jeg hører en sirene skrike. Den kommer i min retning. Den er på vei mot speilet. Jeg strekker meg ut for å gripe den, men en hånd griper tak i min. Jeg skriker. Sirenen skriker.

"Kom deg inn. Er du gal? Kom deg inn!" sier ambulansesjåføren på et språk jeg ikke kan eller forstår. Heldigvis er det undertekster.

Jeg nøler før jeg klatrer inn. Jeg må finne Darryl. Darryl er her et sted, og barnet vårt trenger faren sin. Darryl leter etter meg, og vi leter etter ham. Barnet vårt er magneten. Radaren. GPS-en.

Jeg kaster hodet bakover og roper navnet hans høyt og tydelig: "Darryl!" Jeg lytter, og så roper jeg igjen. Jeg roper navnet hans og lytter. Ambulansesjåføren sier at jeg er gal og setter bilen i revers.

Ambulansen treffer speilet, og en bombe går av. Biter flyr overalt.

Det er forferdelig mye blod på glassbitene.

Jeg våkner og skriker.

***

Jeg hadde den samme drømmen hver natt etter at Darryl døde. Jeg gjenopplevde hvordan det skjedde, selv om jeg ikke var der. Det var en rutineoperasjon som en del av FNs fredsbevarende styrker.

Det er en mestringsmekanisme, dette å drømme det, leve det. Jeg prøvde å finne mannen jeg elsket da vi begravde ham. Begravelsen var vakker. Jeg var så stolt av Darryl. Han ofret livet for saken, og jeg skjønner det. Jeg beundrer ham for hans engasjement, for det gjorde ham til et bedre menneske.

De la flagget over kisten hans. Jeg kastet to håndfuller jord i bakken og falt hulkende ned på kne. Moren min og andre, inkludert vennene mine, prøvde å hjelpe meg, men jeg skrek dem bort. Jeg ville være alene med Darryl. Jeg ville fortelle ham om babyen.

Barnet vårt.

Jeg ville ikke dra før jeg hadde fått sjansen til å ta farvel. Jeg la meg ned ved siden av den åpne graven på magen og hvilte hodet på armene. Jeg fortalte ham hvor høyt jeg elsket ham og sa farvel, før jeg sendte ham et kyss og reiste meg opp.

Mamma var ved min side, og det var Moni også. De tok meg i hver sin arm og trakk meg sammen igjen. Vi gikk mot bilen.

På veien hjem følte jeg Darryls nærvær. Armene hans slynget seg rundt meg. Håret reiste seg på underarmene mine, jeg kunne lukte ham. Jeg kunne føle ham.

Så var han borte.

Hjemme innenfor døren ventet en avlang eske på meg med en sløyfe over midten. Jeg ville spørre hva den gjorde der, men sorgen i rommet feide meg bort. Jeg svevde fra person til person og tok imot deres "jeg er så lei for det" og "det blir bedre med tiden"-klisjeer. Det vanlige tullet etter en begravelse.

Etter at de gikk, følte jeg meg tom.

Mamma la meg i sengen, slik hun pleide å gjøre da jeg var liten.

Etter at hun lukket døren bak seg, løftet jeg de knyttede nevene mot himmelen for at den hadde tatt Darryl.

Så falt jeg på kne i takknemlighet for at babyen vår vokste inni meg.

***

Jeg våkner og stirrer på det tomme rommet ved siden av meg, mens jeg tørker bort siklet fra munnvikene. Det ringer på døren. Jeg kaster dynen fra meg og går ut på gulvet. Før jeg rekker å komme meg ut av rommet vårt, flyr min rommor mot meg med åpne armer.

Jeg må be henne om å få tilbake nøkkelen.

"Jeg var så bekymret", sier hun, klemmer og klemmer, og får meg til å føle meg som en liten jente igjen. Hun trekker seg tilbake og ser på ansiktet mitt.

Jeg skyver håret bak venstre øre og prøver å smile. Jeg peker i retning kjøkkenet, og når jeg kommer dit, fyller jeg kaffekannen med vann. Jeg åpner oppvaskmaskinen for å holde meg opptatt mens kaffemaskinen spytter bak meg. Mor lukker døren til oppvaskmaskinen, trykker på de nødvendige knappene og rygger meg ned i en stol der hun ikke gir meg noe annet valg enn å sette meg.

Hun sitter på Darryls plass, og jeg sitter på ingens plass. Når hun skjønner det, setter hun seg i den andre ingens stol. Hun hopper opp før jeg rekker det og skjenker kaffe. Jeg tilsetter fløte og sukker i min og tar en slurk. En slurk er nok. Jeg løper til toalettet. Jeg glemte at kaffe utløste morgenkvalme hos noen av venninnene mine.

Når jeg kommer tilbake til kjøkkenet, har mor laget en kopp koffeinfri kamillete. Den er ment å roe meg ned.

Jeg sitter og nipper til den bitre, varme drikken og ser på mens mor beveger seg rundt på kjøkkenet som en person på oppdrag. "Jeg skal lage toast til deg", sier hun idet den dukker opp nesten på kommando. Mor bruker kniven til å mase ned skorpen, nok et flashback til da jeg var liten jente. Så smører hun på smøret og snur seg rundt for å se på meg.

Mamma smører på litt jordbærsyltetøy og går inn i kjøleskapet. Hun tar ut osteblokken som hun river over toasten min. Hun legger den tilbake på toppen av brødristeren (med syltetøy- og ostesiden opp.) Hun trykker ned knappen for å la ristet brød bli varmt i noen sekunder.

Dette er et annet ritual fra barndommen min, og jeg er takknemlig for at hun er her.

Mamma skjærer toasten i trekanter, og jeg kan ikke tro hvor godt det smaker når jeg biter i det. Jeg spiser begge skivene, og så drikker jeg litt mer te, for den smaker ikke like bitter etter at hun har kommet i noen skvett honning. Hun tror ikke jeg la merke til det. Jeg tar mammas hånd og takker henne nok en gang.

Babyen er ikke lenger sulten.

Barnets mor er ikke lenger følelsesløs.

Barnets bestemor føler seg ikke lenger ubrukelig.

Mor rydder opp og plaprer i vei om både det ene og det andre. Jeg lytter uten å sette pris på hennes forsøk på å distrahere. Jeg lar henne tro at distraksjonstaktikken hennes virker. For å være ærlig klarer jeg ikke å henge med i tankegangen og tempoet hennes. Det føles som om jeg lytter til henne fra under vann.

Hun ler. Jeg hopper. Jeg er tilbake der tankene mine reiste. Jeg var et sted på et blunk. Jeg kjente meg selv forsvinne.

Jeg var en liten jente som gjemte meg under trappen. Så gikk jeg opp trappen og inn i skapet hvor det var veldig mørkt. Ermene på skjorten til faren min beveget seg. Jeg løp ut og avslørte gjemmestedet mitt. Jeg ble tatt.

"Jeg husker den tiden", sier mor og bringer meg tilbake til nåtiden. Det er som om hun forteller historien for første gang. "Du pleide å gjemme skorpene da du var liten. Før jeg begynte å knuse dem med kniv, fant vi dem i lommer, i plantekasser. Å, de i krukker. De sugde opp vannet og drepte noen av plantene før vi skjønte hva du holdt på med."

"Drepte plantene", mimer jeg.

Hun kommer bort til meg, setter seg på kne og spør: "Går det bra, kjære?"

Jeg holder på å le av det latterlige spørsmålet hennes, men tar meg i å si: "NEI, JEG ER FOR HELVETE IKKE OK." Darryl. Herregud, Darryl. Jeg skyver stolen bakover, skaper plass mellom mor og meg og reiser meg. Jeg er som en zombie. Men jeg trenger ikke å spise menneskekjøtt. Jeg vil ha Darryl. Jeg smiler når jeg gjentar må spise må spise må spise må spise igjen i hodet mitt.

Nå som jeg står, burde jeg bevege meg. Føttene mine vil gå et sted, hvor som helst, og likevel gjør jeg det stikk motsatte. Jeg setter meg ned igjen. Mor gjør det samme. Hun nipper til kaffekoppen sin, som sannsynligvis er iskald nå.

Jeg reiser meg og sier: "Jeg er trøtt", selv om jeg nettopp har våknet, og det vet jeg. Hun vet det. Likevel bryr jeg meg faen ikke. Jeg går tilbake til rommet vårt, rommet mitt, og mor følger etter. Når hun tar meg igjen, legger hun høyre hånd på hoften min, som om hun må lede meg. Som om jeg kunne gå meg vill på veien.

Ved døren snur jeg meg mot henne. Hun har tårer i øynene, men de renner ikke over. Hun vet hvordan det føles å miste en mann, for hun mistet pappa, men det er ikke det samme. De hadde et helt liv sammen. De hadde hverandre i trettisju år før pappa døde. Vi var bare gift i to og et halvt år. Darryl får aldri se sønnen eller datteren sin. Jeg har lyst til å si dette, men jeg gjør det ikke.

Jeg tror hun vet hva jeg tenker, selv om jeg ikke er sikker. Det er den mor-datter-osmose-greia. Hun kysser meg på pannen mens hun putter meg i sengen. Hun går ut og lukker døren bak seg.

Jeg står opp igjen, går bort til speilet og ser på meg selv. På førtiåtte timer har jeg blitt ti år eldre. Selv om jeg har sovet det meste av tiden, er posene under øynene mine enorme. Det ser ut som om jeg har grått hele tiden, men sannheten er at jeg er tom for tårer allerede. Ansiktet mitt ser ikke lenger ut som meg. Jeg er en fremmed, selv for meg selv.

Jeg skyller litt vann i ansiktet, før jeg dypper varmt vann i en ansiktsklut, Darryls. Jeg holder det over meg selv for å puste ham inn.

Jeg finner badehåndkleet hans, tar av meg klærne og svøper det rundt meg. Det omslutter meg og varmer meg som om jeg var i armene hans. Jeg sitter slik i noe som virker som en evighet. Som om han holder rundt meg. Ingen tårer renner. Det er ingen tårer igjen å gråte. Det er som om Darryl svøper seg rundt oss. Holder oss sammen, oss tre, Darryl, babyen og meg.

Mors banking på døren drar meg tilbake til nåtiden. Jeg må ha sovnet. Jeg reiser meg for fort når døren flyr opp. Darryls håndkle treffer gulvet.

Mor og naboen kommer inn i rommet, og jeg griper Darryls håndkle i tide og skjuler nakenheten min. Jeg begynner å fnise og klarer ikke å stoppe.

Mor og naboen ser bekymret ut. Naboens øyne buler rett ut av hodet hennes. Snart kommer de til å tilkalle mennene i de hvite dressjakkene for å hente meg hvis jeg ikke tar meg sammen.

***

Det er bryllupsdagen min, og jeg går opp kirkegulvet på min fars arm i en storslått kirke. Jeg vet at jeg drømmer, for pappa har aldri fulgt meg opp kirkegulvet. Han var allerede død da Darryl og jeg giftet oss, og Darryl og jeg giftet oss ikke i en kirke. Elton Johns "Your Song" er sangen vår. Det var Darryls og min sang. Vi foretrakk faktisk Ewan McGregors versjon, siden vi elsket Moulin Rouge.

Pappa og jeg hilser på dem vi ser på veien. Bestemor Eleanor, som har vært død siden jeg var liten, sender meg et kyss. Jeg tar en blomst fra buketten min. Spedbarnsånde, hennes favoritt. Jeg gir den til henne.

Hun smiler, og en tåre faller nedover kinnet hennes.

På den andre siden av midtgangen står min kusine Ruth. Hun og jeg sto hverandre utrolig nær da vi var barn. Nå ser vi hverandre sjelden. Jeg regner med at hun tenker akkurat det samme som meg når jeg går forbi henne. Notat til meg selv: Inviter henne på middag en gang snart.

Det er Darryls to yngre brødre, Dale og Donny. Foreldrene deres hadde en slags greie med bokstaven D. Notat til meg selv: ikke fortsett med nevnte tradisjon.

Jeg ser min andre bestemor, min mors mor. Hun kom ikke i bryllupet vårt. Hun og mor holder hverandre i hendene, og jeg løsriver meg fra pappa i noen sekunder for å gi dem begge en stor klem. Knærne mine vipper litt når bestemor strekker ut hånden min, tar den i sin og slipper noe ned i den. Instinktivt lukker jeg fingrene rundt det; selv om jeg ikke ser hva det er, kan jeg kjenne at det er en nøkkel. Pappa trekker armen min inn i sin, og vi kommer tilbake på sporet og går ned midtgangen.

Brudepikene mine, Trish og Moni (forkortelse for Monique), står tett inntil meg nå. De ser fantastiske ut i sine antikke, hvite kjoler, men vent, det var jo jeg som gikk i antikkhvitt.

Pappa snur meg, fjerner hånden min fra armen sin og legger den rundt Darryls. Jeg snur meg for å se på min kommende ektemann, men det er ikke Darryl. Vel, det var Darryl en gang, men nå er det ikke det lenger. Han er død. Han er et råtnende lik.

Jeg skriker mens det grønne slimet strømmer ut av leppene hans når han prøver å smile. Jeg er ikke den eneste som skriker.

Alle skriker.

Alt skriker - til og med maskinene.

Jeg åpner hånden min.

Jeg svelger nøkkelen.

Glassbiter knuses overalt.

***

Jeg åpner øynene. Jeg er ikke hjemme, men på sykehuset. Jeg hører tikking, hjerteslag. Piping. Hvisking. Jeg lukker øynene igjen. Jeg later som om jeg sover.

"Ingen forandring."

"Kan ikke gi opp."

"Hva med babyen?"

Babyen. De to ordene bringer meg tilbake til virkeligheten, og jeg forsøker å sette meg opp, men oppdager at jeg ikke klarer det.

Når jeg ikke kan bevege armer eller ben, skriker jeg. Jeg griper etter magen min, babyen min, den lille, og oppdager at babybulen er større nå. Hvor lenge har jeg sovet?

"Mamma?"

"Å, kjære! Kjære," sier hun. "Det kommer til å gå bra med deg", koser hun, men jeg tror henne ikke. Ikke et eneste ord.

"Hvor lenge har jeg vært her?" spør jeg, og hodet mitt er som et ekkokammer mens ordene runger inni skallen min.

Hun klemmer meg og holder rundt meg i stedet for å svare. Når jeg trekker meg unna, holder hun hodet mitt i hånden og ser meg inn i øynene som om hun prøver å finne meg.

Jeg prøver å la være å blunke, men jeg klarer ikke å la være. Hater du ikke det når det skjer? Så snart du prøver å la være å gjøre noe, svikter kroppen deg og får deg til å gjøre det enda mer.

Hun sier ingenting. Hun tror jeg ikke takler sannheten. Den stemmen i hodet mitt er Jack Nicholsons stemme i A Few Good Men. Darryl elsket den filmen. Vi så den så mange ganger at jeg mistet tellingen.

"Jeg vil vite det", hører jeg meg selv si, men slik hun ser på meg, er jeg usikker på om jeg sa det høyt eller i hodet. Jeg prøver igjen, denne gangen litt høyere, og hun reagerer.

"La meg", sier hun, og så går hun og kommer tilbake etter et øyeblikk sammen med noen jeg ikke kjenner igjen. De to beveger seg rundt i rommet som om de sperrer av en scene til et teaterstykke. De hvisker, så ser de på meg og hvisker mer.

Så uhøflig.

Jeg venter, som om jeg er usynlig, og prøver å ikke eksplodere.

Den fremmede stikker en nål i armen min, og så går jeg og tenker at det burde være forbudt å ha sykehuspersonale i gateklær.

Jeg drømmer igjen at jeg går nedover gaten og leter etter Darryl mens bombene går av.

***

Bulen på meg er enda større nå. Faktisk merkbart større. Når babyen beveger seg, ser jeg biter av ham eller henne gjennom huden min. Lemmer som setter avtrykk, som å snu meg på vrangen når barnet vårt presser mot veggene i magen min.

Jeg er ikke lenger på sykehuset. Jeg er hjemme, jeg sitter på barnerommet og gynger i en ammestol som ikke gynger i ordets vanlige forstand. I stedet glir den.

Langs veggene står sovende sauer med søvn rundt hodet og venter på å bli talt. Jeg begynner å telle, så smiler jeg og ser på krybben. Tiden står stille, det må den gjøre, for det skjer ingenting her, i dag, nå.

Jeg reiser meg opp fra stolen, halvt våken og halvt sovende. Jeg tar på mobilen, og den begynner å kime Frere Jacques. Jeg synger med, mens jeg plukker opp et teppe med en sau på.

Jeg bretter teppet mindre og mindre, helt til det er en liten firkant. Så legger jeg det tilbake i krybben og ser et glimt av meg selv i speilet i hjørnet.

En del av speilet er synlig, og en del av det er ikke det, fordi noe dekker det til. Jeg går nærmere og løfter av støvskjoldet for å avsløre en skatt som har vært i familiens eie i flere tiår. Et arvestykke som har gått i arv fra min mors mors mors mors mor.

Rammen er kjølig å ta på når jeg stryker fingrene langs den. Den er av tre, og inngravert med par av sammenflettede hender. Avtrykkene av de sammenflettede fingrene føles enda kjøligere å ta på. Jeg beveger kroppen nærmere til babybulen min presser mot glasset. Den berører det ikke. Den går gjennom det. Etter hvert som jeg skyver meg nærmere og nærmere, forsvinner babymagen inn i glasset.

Jeg tar et skritt tilbake, og babymagen løsner med en sugende lyd. Babyen sparker og sparker igjen mens jeg beveger meg bort fra speilet og går tilbake til stolen jeg hadde begynt i. Idet jeg setter meg ned, starter uroen på nytt, og vi begynner å gli i takt med den.

Babyen min faller til ro, og vi sover.

***

"Våkn opp, Cath", sier Darryl.

Jeg ruller mot ham og koser meg inn til ham. Babyen dunker mellom oss. Vi kan ikke komme så nær hverandre som vi pleide, men vi er nærmere på mange andre plan.

Vekkerklokken ringer, og jeg klemmer meg fast i Darryls pute, ikke i hans. Babyen sparker, og jeg står opp av sengen og vandrer halvvåken nedover korridoren til badet, der jeg går på toalettet. Jeg skrur på vannet, stiller meg i dusjen og lar vannet renne over meg.

Babyen min elsker vannet, og vi blir stående der til det varme vannet renner ut og blir kaldt. Sulten kaster jeg på meg ytterjakken og går ned trappa i det mamma kommer inn gjennom ytterdøra. Hun må ha ringt på mens jeg sto i dusjen. Notat til meg selv: Be mamma om å levere tilbake nøkkelen.

"Jeg har med gaver", sier hun. Hun dumper en hel eske med istekte smultringer på bordet; smultringene er fortsatt varme og lukter himmelsk. Jeg stapper en i munnen og hun en i sin. Vi klemmer hverandre og tar en smultring til før vi bestemmer oss for å lage oss en kanne te.

Babyen min sparker ut et takk, og mamma kjenner det selv. "Åh", sier jeg, mens babyen gjør seg ytterligere bemerket ved å gjøre noe som føles som en salto inne i meg.

"Går det bra med deg?" spør mamma.

"Han er lykkelig," sier jeg.

Mamma legger merke til at jeg sa han. Hun nevner det ikke. I stedet forteller hun meg det siste sladderet.

Jeg lytter av høflighet, ikke fordi jeg er interessert i hva som skjer i området. Før, jeg mener før jeg møtte Darryl, bidro jeg ved å hoppe på sladdertoget. Noen ganger var jeg til og med konduktøren uten hatt. Noen ganger var jeg kupeen. Uansett var jeg alltid med på toget. Jeg lot sladrekjerringene hale meg med.

"Har du sett barnehagen?" spør jeg ut av det blå, mens hun er midt i en sladder-setning.

Hun ser på meg som om jeg er en fremmed. "Er du sikker på at du har det bra?" spør hun, med en stor rynke i pannen i form av et horisontalt spørsmålstegn.

Jeg innser at jeg har sagt noe rart, kanskje til og med dumt. Jeg vet ikke hva det er. "Jeg har det bra", sier jeg og prøver å forsikre henne om at jeg har det bra.

Jeg reiser meg i håp om at hun vil gjøre det samme, men det gjør hun ikke. I stedet tar hun en ny smultring fra esken og tar en bit.

Babyen min sparker meg hardt. Som om han vil ha en smultring til. Jeg må tisse og sier det. Mamma følger etter meg ned korridoren.

"Vi møtes på barnerommet", sier jeg.

"Ok", svarer mamma.

Når jeg kommer inn på barnerommet, står mamma foran speilet. Jeg stiller meg ved siden av henne og går nærmere og nærmere glasset. Jeg tester om babyen vil gå gjennom, slik den gjorde i går, men det gjør den ikke. Ingen krusning. Ingen forbindelse. Drømte jeg?

Idet jeg snur meg bort, begynner mobilen å spille Frere Jacques helt av seg selv.

"Jeg spolte den tilbake, Cath", sier hun, "vi gjorde en fantastisk jobb med innredningen, ikke sant? Jeg er så fornøyd."

Jeg husker ikke at jeg har pyntet, og jeg vil ikke innrømme det. Hvordan kunne jeg ha glemt noe slikt?

"Din tipp-tipp-tipp-oldemor ville vært så fornøyd. Jeg er glad speilet tilhører deg nå."

Verden begynner å snurre og blekne. Jeg beveger meg fremover og holder på å velte. Mamma griper meg, og folder meg inn i stolen der jeg glir frem og tilbake, frem og tilbake.

"Er ikke speilet rettmessig ditt?" spør jeg.

"Jo, men det gjør ikke meg noe. Det er perfekt i dette rommet."

Mens jeg tenker på speilet, sovner jeg. Mor har gått. Det er mørkt her inne, bortsett fra et lys som flakker i hjørnet et lite stykke unna speilet.

Babyen sparker. Han er rastløs. Jeg reiser meg og går mot speilet. Etter hvert som vi nærmer oss, blir lyset sterkere. Babyen sparker og forskyver seg. Jeg trekker av meg teppet og ser på speilbildet av babybulen min, beveger meg nærmere og nærmere. Babyen sparker et field goal.

Babybulen min støter mot speilet. Babyen sparker igjen, og avstanden mellom kulen og speilet blir mindre. Når de to møtes, forsvinner babymumpen min inn i speilet. Det er et drag som trekker oss inn.

Nå står jeg med nesen mot glasset. Jeg presser meg lenger inn til hele ansiktet mitt er innenfor. Hodet mitt følger etter. Babyen min ruller bort i speilbildet.

Et kraftig vindpust tar seg opp et sted bak oss og skyver oss lenger inn. Nå er nok av meg inne til at jeg merker forskjellen i luften. Høst. Løv. Det var vår der vi var, og høst her. Hvordan kan det ha seg?

Jeg kunne lukte og kjenne den kjølige luften som pisket rundt oss og ønsket oss velkommen. En bris hvisker over huden min som en berøring.

Babyen min skyver seg frem og tilbake og søker trøst på den andre siden. Trøst inne i glassverdenen. Jeg kjærtegner babymagen min for å finne trygghet, og babyen skyver seg tilbake for å gjøre det samme for meg.

Det er fantastisk der inne. Jeg er midt i en skog. Nei, jeg er på en strand med sand, ren, hvit sand og bølger som slår og skvulper mot land.

Nei, jeg er i nærheten av fjell, høye fjell med stier som slynger seg rundt dem. Det er mange verdener på en gang. Jeg hører fuglesang. Det er ravner, kråker, blåskrikker, flamingoer, kookaburraer, vinkermus, spurver, spottefugler og måker. Jeg kjenner smaken av havets salt på tungen.

Jeg roper "hallo", og stemmen min gir ekko rundt og rundt og rundt. Babyen min danser til ekkoet, kiler og får meg til å fnise. Jeg føler fred, ren og søt. Jeg føler glede. Jeg er hjemme.

På den andre siden, bak meg, er det noe som trekker meg tilbake. Jeg vil ikke gå. Barnet mitt vil ikke gå, men noe griper tak i meg. Det river oss ut derfra. Tilbake.

"Hva i helvete er det du gjør?" roper noen. Stemmen er vinglete, forvrengt.

Jeg hører ordene, men stemmen høres ut som om den er inne i en sky.

***

Så snart vi er tilbake, vil vi dra igjen. Vi vil være der, eksistere der. Bare der og ingen andre steder.

Det er Moni, og hun er veldig sint på meg. "Hva tenkte du på?"

Jeg sier ingenting mens jeg ser meg tilbake i speilet.

"Ikke spill uskyldig overfor meg," sier Moni. "Du var ute og reiste. Jeg mener i en annen dimensjon, ikke sant?"

"Reiste?" Jeg mimer. Jeg tenker et øyeblikk på hvor sprø jeg må ha sett ut, og sier: "Jeg så på speilbildet mitt, speilbildet vårt. Babyen og meg."

"Mesteparten av deg var borte!" Moni skriker. "BORT!"

Jeg ler og prøver å late som om hun ikke hadde sett det hun hadde sett. Prøver å få henne til å føle at hun var gal. I stedet for meg. Jeg hadde vært der. Jeg hadde sett en annen verden. Jeg krysser rommet, bort fra speilet, snur meg og går bort til speilet. Jeg knytter en knyttneve og slår den rett mot glasset i håp om at det ikke skal skje noe, og det gjorde det ikke.

Moni følger etter meg og gjør det samme. Så står vi ansikt til ansikt og bryter ut i latter. Vi må ha sett gale ut. Sinnssyke. Latterlige.

Babyen sparker.

Snart er vi nede. Moni sier at mamma måtte dra, og at det var derfor hun kom.

"Jeg trenger ikke barnevakt."

"Det er seks måneder siden Darryl døde", sier Moni, "og vi er alle bekymret for deg og babyen."

"Babyen og jeg har det bra," sier jeg. "Vi savner ham fortsatt hver dag, men det begynner å bli lettere." Det var en løgn.

"Jeg vet hva vi skal gjøre i morgen," sier Moni. "La oss dra til stranden."

Det høres gøy ut, så jeg sier ja. Men jeg har ingen planer om å ta på meg badedrakt.

***

Vi ankommer stranden med en piknikkurv fylt med lunsj og alskens godsaker. Vi sparker av oss skoene og lar sanden skvette mellom tærne, selv om det er langt fra varmt ute.

"Darryl og jeg pleide å elske å komme hit om sommeren."

"Han er med oss her nå og alltid", sier Moni.

Moni har rett, men det hindrer meg ikke i å savne ham. Jeg vil ha mer enn minnene hans. Jeg vil ha ham her, med armene sine rundt meg.

"Jeg savner armene hans, at han holder rundt meg, pusten hans. Jeg savner alt ved ham hver eneste dag."

Moni legger armen rundt skulderen min.

"Det vanskeligste er", fortsetter jeg, "at Darryl aldri kommer til å kjenne barnet vårt, og barnet vårt kommer aldri til å kjenne Darryl."

"Du vet ikke hva fremtiden vil bringe", sier Moni.

Jeg vet hvor hun vil med dette. Hun foreslår at jeg skal møte noen andre. Tanken er ikke verdt å tenke på. Jeg bar på Darryls barn, for guds skyld.

"Jeg vil ikke ha noen andre. Ingen kan erstatte Darryl eller det vi hadde sammen. Dessuten er hjertet mitt for knust. Jeg kommer aldri til å elske noen andre. Mitt hjerte tilhører Darryl, og bare Darryl."

"Ikke si det. Du vet ikke hva fremtiden vil bringe deg. Kjærlighet kan skje mer enn én gang. Se på moren min. Pappa døde, hun giftet seg med stefaren min og fant kjærligheten en gang til. Det er ikke det samme. Det kan aldri bli det samme som den første kjærligheten, men det kan fortsatt være kjærlighet. Det kan være nok. Du må være åpen for det. De er lykkelige, og det kan du også bli med tiden", sier Moni.

Så tar jeg en sprint, så mye som en kvinne som er gravid i åttende måned kan spurte, og går ut i vannet. Temperaturen er kald, men forfriskende, og jeg liker følelsen av kjøligheten mot huden.

Moni dytter seg inn ved siden av meg.

"Denne babyen elsker vann."

Moni legger hånden på magen min, og babyen sparker. "Det gjør han virkelig", sier hun.

Vi står i vannet til knærne og lar bølgene skylle inn over oss. Babyen elsker det og slår noen saltomortaler.

"Kommer du til å fortelle meg om det?" spør Moni.

"Jeg er ikke sikker på hva du mener," sier jeg.

"Jeg mener det med speilet, hva du gjorde? Var du ute og reiste? Reiste du rundt i verden?"

Jeg tenker meg om og kommer frem til at hun har rett. Gjennom speilet hadde babyen min og jeg på en måte reist til et annet sted. En annen dimensjon. Musikken fra The Twilight Zone runger i hodet mitt.

"Og hva vet du om det?" spør jeg.

"Jeg ser filmer og leser bøker. Det er til og med reiser i Alice i Eventyrland Da jeg kom inn, var det meste av deg borte, og det var åpenbart at det var i speilet. Du var i speilet. Så, hva så du? Eller så du noe?"

"Jeg vet ikke om jeg vil snakke om det," sier jeg, for det er en hemmelighet. Jeg vil holde det for meg selv inntil videre. Det føles som om det kan forsvinne hvis jeg innrømmer det høyt. Jeg visste at det hørtes dumt ut, men det hele hadde vært så rart, og det hadde bare skjedd meg én gang. To ganger for babyen, men én gang for meg. Jeg vil være der og gjøre det igjen før jeg snakker om det til noen andre.

"Lov meg én ting," sier Moni mens vi ser solen gå ned på veien hjem. "Lov meg at du ikke går inn alene. Jeg mener, uten noen på denne siden som kan trekke deg tilbake."

Jeg nikker som et slags løfte, men jeg er ikke sikker på om jeg har tenkt å holde det.

"Jeg vil gjerne overnatte hos deg i natt, for å holde deg med selskap," sier Moni.

Jeg sier at det er greit, for jeg er for trøtt til å gjøre noe annet enn å sove, utslitt av den friske sjøluften. Babyen min beveger seg ikke engang inni meg.

Jeg tar på meg pysjen og sovner med en gang. Jeg drømmer om Darryl, leter etter ham, leter høyt og lavt og overalt. Jeg går og går, og føttene mine får blemmer og blør, men fortsatt ingen Darryl. Av og til støter jeg på noen eller noe, som et fugleskremsel på en åker. Jeg spør om han har sett Darryl, og som i Trollmannen fra Oz peker han i alle retninger. Han er til stor hjelp.

Jeg spør også en rar, skjeggete kvinne som jobber på et sirkus om hun har sett Darryl. Hun ler og ler og ler.

Han er ingen steder, så jeg våkner og slår på den bærbare datamaskinen. Jeg tilbringer kvelden med å se på bilder av oss. Av livet vårt.

Da vi var sammen, kunne du se kjærligheten rundt oss. Jeg vet at det høres ut som en dum klisjé, men den var der, spesielt når Darryl så på meg, eller når jeg så på ham. Vi elsket hverandre med en kjærlighet som aldri mer ville finnes i en verden der vi var fra hverandre.

Når jeg leter gjennom fortiden alene, føles det som om han, babyen og jeg sitter sammen og ser på fotografiene. Babyen sitter på fanget mitt. Darryl står bak meg og ser over skulderen min mens jeg blar fra side til side.

Solen står opp og bringer en ny dag inn når jeg er ferdig.

Utmattet går jeg tilbake til sengs.

***

"Cath. Cath! CATH!"

Hva i...? Slutt med det der. Jeg vil fortsette å drømme.

"CATH!"

Jeg innser at jeg hører Darryls stemme. Hva? Jeg rister meg selv våken. Jeg lytter og hører den igjen.

"Cath."

"Darryl?"

Jeg kaster dynen tilbake og åpner soveromsdøren. Nå som jeg har svart, hvisker han navnet mitt igjen og igjen.

Jeg befinner meg på barnerommet, der jeg står stille og lytter. Jeg skjelver som om det har blåst en bris gjennom meg. Så tar jeg teppet fra barnesengen og legger det rundt skuldrene mine. Babyen er stille, som om han ikke har våknet ennå.

"Cath."

Jeg ser mot vinduet. Vinden får det til å klirre og klakke, og så skyver den det opp. Den kjølige høsten legger armene rundt meg, holder om meg samtidig som den dytter meg.

"Cath."

Jeg snur meg mot der stemmen kommer fra. Speilet. Babyen min våkner og sparker meg hardt. Jeg står i givakt og går mot speilet. Trerammen av hender beveger seg, vrir seg, forskyver seg. Glasset i rammen skimrer og skjelver. Det er som om en sky har kommet inn i barnerommet og passerer inn og gjennom glasset. Jeg tar et skritt nærmere. Jeg løfter hånden og legger håndflaten mot overflaten.

*SPEIL, DU SPEILER MEG

MED REDUNDANS.

Et dikt jeg leste på videregående skole, invaderer tankene mine. Det dukker opp i hodet mitt idet hånden min bryter gjennom overflaten og forsvinner inn i glasset.

Lenger fremme, fortsatt i ferd med å bygge bro over gapet. Der er den. En annen hånd presser mot min. Darryls hånd. Darryls hånd?

Ja. Det bekreftes når skyen i speilet forsvinner. Vi berører hverandre håndflate mot håndflate.

Skremt tar jeg et skritt tilbake og trekker hånden min også tilbake. Babyen sparker, og jeg berører den med håndflaten. Skyen flytter seg tilbake mens jeg trøster babyen og Darryl forsvinner.

Jeg vil knuse den.

Jeg vil være i den.

Hadde jeg forestilt meg alt sammen? Var jeg sinnssyk?

Jeg er gal.

"Cath. Kom tilbake. Vær så snill."

Jeg kjærtegner babyen vår med den ene hånden, og så kommer en hånd over på siden av oss og holder hånden min.

Det er Darryls hånd. Han er her og trøster babyen vår. På en eller annen måte. På en eller annen måte. Min elskede.

"Darryl."

Den andre hånden hans, den med gifteringen, passerer gjennom speilet og over på vår side. Vi faller inn i ham, inn i omfavnelsen hans, inn i speilet.

"Å, Cath."

Hendene hans får meg til å skjelve når han stryker dem over babyen. Babyen snur seg mot ham, og vi er halvveis inne og halvveis ute.

"Han er vakker", sier Darryl. "Akkurat som moren sin."

"Vi vet ikke om han er en han eller en hun," sier jeg og ser inn i de blå øynene hans.

"Han er definitivt en han," sier Darryl. "Han er sterk og frisk."

Som svar på farens stemme sparker og ruller babyen.

"Stå stille," sier jeg mens jeg kiler meg lenger inn i speilet. Babyen er nesten helt gjennom, men jeg er ikke gjennom glasset. Jeg kan alltids trekke meg tilbake hvis jeg trenger det. Jeg vet ikke hvorfor jeg er bekymret. Det er tross alt Darryl. Som jeg har savnet ham. Men en del av meg er fortsatt forankret på den andre siden.

"Darryl, dette er sønnen din. Sønn, dette er pappaen din", sier jeg mens tårene renner som fossefall nedover kinnene mine. Ikke små, små kvinnetårer, men store, fete, saftige regnværstårer. Jeg hulker.

Darryl kysser meg på leppene. Han smaker av høst, men varm og kjølig på samme tid. Så bøyer han seg ned og kysser barnet vårt.

"Sønn, du må passe på moren din for meg, ok? Jeg er så stolt av deg og det du kommer til å bli en dag. Jeg elsker deg. Jeg elsker dere begge. Jeg elsker dere begge."

Jeg skyver oss litt lenger frem. Jeg vurderer å gå helt gjennom, men noe, en følelse, holder meg tilbake. Jeg vil være der. Jeg vil gå gjennom og være sammen med Darryl, uansett hvor han er. Jeg vil at vi tre skal være sammen, for alltid. Fast bestemt prøver jeg å presse og presse. Jeg vil at vi skal komme helt gjennom.

"Ikke gjør det", trygler Darryl. "Ikke prøv engang. Vi har det nå. La oss nyte det mens vi kan. Det er utilgivende."

"Jeg vil ha deg. Jeg vil at vi tre skal være sammen. Alltid."

"Vi har bare det den vil gi oss," sier Darryl. "Tiden er en lunefull venn eller fiende. Vi vet aldri hva som kommer og hva som går."

"Du er en poet, og jeg visste det ikke engang," sier jeg og fniser.

En sterk bris blåser gjennom, og Darryl tar et skritt tilbake. Vekk.

"Gå nå," oppfordrer han.

"Nei! Hvor skal du, Darryl?" roper jeg. "Kom tilbake. Vær så snill, ikke forlat meg. Ikke forlat oss igjen."

"Jeg skal prøve å komme tilbake og treffe deg igjen så snart jeg kan. Hvis jeg kan. Gå nå. På en eller annen måte. Husk meg alltid. Jeg vil alltid verdsette deg. Tro på meg, så kan det hende vi får prøve å møtes igjen."

Vinden blåser inn en stor sky. Den gjør at vi ikke kan se Darryl. Før var skyen hvit og luftig, men nå er den svart og full av sinne.

Jeg trekker oss tilbake.

Idet jeg gjør det, gir knærne etter.

Jeg faller ned på gulvet og hulker.

Det føles som om jeg har mistet Darryl på nytt.

Men denne gangen gråter jeg for to. Sørger for to.

***

"Cath, er du ok?"

Jeg våkner og husker, men det er bare moren min. Hun prøver å løfte meg opp fra gulvet, men jeg er for tung.

"Jeg har ringt etter ambulanse", sier hun mens jeg prøver å dra meg opp, men jeg klarer det ikke.

"Jeg vil legge meg," sier jeg og kjemper mot en ny gråtefest.

Ambulansen kommer, og de kommer løpende opp trappen. De tester mine og babyens vitale tegn, og når de har fått bekreftet at alt er i orden, hjelper de meg opp i sengen.

Mamma står og henger, og for å berolige henne sier jeg: "Han har det bra, og jeg har det bra."

Hun stopper opp. "Jeg visste ikke at du hadde bedt om å få vite kjønnet på babyen ennå."

"Øh, det gjorde jeg ikke", sier jeg, "det er en følelse jeg har, at det er en han."

Løgnen ser ut til å gjøre susen. Jeg later som om jeg er mer trøtt enn jeg egentlig er. Babyen ser også ut til å sove. Etter at hun har kysset meg på pannen, går mamma ut og lukker døren bak seg.

Jeg ligger våken i timevis, tenker på Darryl og lurer på når vi kan se hverandre, røre ved hverandre igjen.

***

Hver dag etter besøket hos Darryl vil jeg tilbake.

Jeg skriver ned nøyaktig hva som skjer. Det gir mening å skrive det ned. Det er den eneste måten jeg kan sikre at graviditetshjernen min holder minnene intakte. Det å skrive ned alt, å være besatt av det, har gjort det mulig for oss å leve den samme dagen om og om igjen. Det er som vår egen versjon av Groundhog Day-filmen, men denne gangen er det jeg som er Bill Murray.

Darryl hadde sagt at den var "uforsonlig". Mente han tiden?

Jeg spør Moni hva hun synes. Hun synes også det er ganske merkelig.

Vi begynner å jobbe sammen for å undersøke overnaturlige hendelser. Vi er ute etter hendelser knyttet til reiser i speil på nettet.

Vi finner spennende artikler om parallelle universer. Noen omtaler speil som inngangspunkter. Forskningen snakker om ting som virtuelle virkeligheter og dimensjonale splittelser. Den diskuterer også dimensjonale døråpninger og det okkulte. Men bortsett fra skjønnlitterære romaner finner vi ingen reelle bevis, selv om vi finner noen få påstander.

Vi finner noen lister over ting du aldri bør gjøre med speil, som for eksempel

Se aldri inn i et speil i stearinlysets sken, det kan vise deg en hjemsøkt versjon av hjemmet ditt.

Hvis du stirrer inn i et speil mellom to høye, hvite stearinlys, kan du se ånden til en av dine kjære som har gått bort. Sjelen deres kan sitte fast i speilet ditt.

Det fikk hjertet mitt til å hoppe ut av munnen på meg.

Var Darryls sjel fast der? Det virket ikke som et ille eller skummelt sted, men han hadde nevnt det uforsonlige.

Jeg grøsser og går videre til neste punkt.

Dekk alltid til et hjemsøkt speil under tordenvær. Lynet vil frigjøre spøkelsene.

Jeg forteller Moni at da jeg først kom inn i rommet, var speilet delvis tildekket. Jeg klemmer om meg selv og skjelver igjen.

"For det første", sier Moni, "har moren din sannsynligvis satt det der for å holde det borte fra gulvet. Det er ingenting. En tilfeldighet." Hun ser på meg. "Er du sikker på at du vil fortsette med dette?"

Jeg nikker og leser den neste.

Det er et dårlig tegn å få et speil fra en avdød persons hjem i gave.

"Herregud!" Jeg skriker og presser neven inn i munnen. Jeg vil ikke skremme barnet, men speilet har vært i familien vår etter et dødsfall i århundrer. Ikke som en gave med sløyfe på, men som en gave og et arvestykke.

Jeg er ikke sikker på hvem som hadde speilet før det kom inn i familien vår. Jeg må finne ut mer om det.

Jeg forklarer dette til Moni, som selv skjelver litt før hun leser det neste.

Hvis noen ser speilbildet sitt i et rom der noen nylig har dødd, kommer de til å dø snart.

"Uff, vi er godt i gang med den første", sier hun og ser på meg for å få bekreftelse, noe jeg gjør med et nikk.

Jeg leser den neste.

Hvis et spøkelse vandrer rundt i hjemmet ditt om natten, kan et speil fange det opp.

Det er skummelt. Ingen av oss sier noe om det.

Babyen beveger seg.

Jeg blar videre i artikkelen. Det finnes vitenskapelige bevis. Den nevner kvantespeil og multivers-speil som portaler til andre verdener.

"Vi må vite mer. Jeg må vite mer om dette speilet og hvordan det kom til familien min. Hvor begynte det? Hvem ga det til oss og når?" sier jeg med en skjelving.

"Hvordan skal vi gjøre det?" spør Moni, og vi blir begge sittende og tenke på det, alene, men sammen, en god stund.

Dagene og ukene flyter fremover. Moni og jeg fortsetter å lete når vi har tid.

Vi sporer konseptet med å reise gjennom speil. Det går helt tilbake til gamle sivilisasjoner.

Vi undersøker speilet vårt fra topp til tå, i håp om å finne et produsentmerke. Ikke noe slikt hell.

Med termin om en uke - pluss/minus noen dager - sitter jeg og Moni sammen på kjøkkenet. Jeg kan se på måten hun begynner og slutter å snakke på, at hun har noe viktig på hjertet.

"Du synes kanskje det er litt sprøtt."

"Fortell meg det," sier jeg.

Babyen sparker. Jeg kjærtegner foten hans.

"Jeg advarer deg," sier Moni. "Det er der ute."

"Kom igjen."

"Ok, her kommer det. På nettet fant jeg en kvinne som er synsk og medium. Hun har et usedvanlig godt, til og med utmerket rykte. Hun gir resultater i de sakene hun velger å engasjere seg i."

Jeg lener meg nærmere.

"Tante Maria driver med kortlesning som hobby. Hun leste seg opp på kvinnen jeg snakker om. Hun fant bare gode ting om henne."

"Et medium, hva?" sier jeg. Jeg skjønner meg ikke på mediumtull. Men jeg kjenner til den fyren som var på TV, John somebody. Edwards. Jeg sier navnet hans høyt.

"Ja," sier Moni.

"Du mener at den synske damen vil kontakte Darryl?"

Moni nikker.

"Men jeg klarte å kontakte ham selv. Jeg vet ikke hva hun kan gjøre for å hjelpe, siden vi allerede har vært der på egen hånd."

"Vi bør prøve. Vi trenger henne. Ikke for Darryl, men for speilet," sier Moni. "Hvis det er et reisespeil. Du sier det er det fordi du har reist i det. Vi må vite mer om det. Hun ville kunne teste det. Synske gjør tester, mener jeg."

"Å," sier jeg, og jeg er mer interessert nå enn jeg har vært før. Jeg lener meg litt nærmere.

"Jeg forklarte henne litt om hva som skjedde, uten å gå for mye i detaljer. Hun heter Anna August, og hun vil gjerne treffe deg og se rommet og speilet. Jeg vil gjerne være her også, som moralsk støtte. Hvis du vil at jeg skal være det, altså."

"Du må være her sammen med meg", sier jeg, og babyen sparker for å markere sin stemme. Jeg går bort til vannkjøleren og skjenker meg et glass med kjølig væske. "Hvor mye tar hun for et besøk?" sier jeg etter noen slurker.

"Fem hundre."

Jeg setter meg ned og presser det kjølige glasset mot pannen.

"Jeg vet at det er mye å be om," fortsetter Moni, "og jeg vil gjerne gi det som en gave."

"Det er snilt av deg," sier jeg. "Men hvis du og jeg deler det fifty-fifty, slik at halvparten er en gave fra deg, ville det vært fantastisk. Hvordan samler hun inn pengene? Jeg mener, på forskudd?"

Moni forklarer hvordan det vil fungere. Vi må sende et depositum på ti prosent umiddelbart som et tegn på god tro. Anna sender oss en kvittering og avtaler en dato og et tidspunkt for et personlig besøk. På den avtalte datoen skulle restbeløpet betales ved ankomst.

"Ved ankomst?" sier jeg. Det virker litt frekt å be om penger på forskudd på den måten, men hvem visste vel hva som gjaldt for synske?

Moni henter et glass appelsinjuice fra kjøleskapet og tar en lang slurk. "Ifølge nettsiden deres skjer leveringen når de kommer hjem til klienten, altså deg."

"Å, så hun lover ikke noe i gjengjeld, da?"

"Nei," bekrefter Moni. "Men jeg har en følelse av at dette er normen i den synske verden. Når hun går med på å ta saken din, forplikter hun seg fullt og helt. Hun vil forsikre seg om at klientene hennes også er det. Hun får velge hvem hun vil hjelpe. Ved å si til sine nye kunder at hun vil ha en forskuddsbetaling med resten på forskudd, kan hun luke ut de gærne."

Jeg ler, og lurer på om hun ville synes at jeg var en gærning selv om jeg betalte på forskudd. "Er hun, er Anna lokal?"

"Nei, hun er utenbys fra, men hun visste hvor du bodde. Jeg mener, før jeg fortalte henne adressen din. Hun sa at hun hadde følt en merkelig uro i dette området de siste månedene. Faktisk hadde den vært så sterk at hun vurderte å undersøke det selv."

Dette høres interessant og søkt ut på samme tid. "Mener du at hun hadde en forutanelse?"

"Det lurte jeg også på, men hun sa nei. Selv om hun ofte har dem. I dette tilfellet følte hun en psykisk forstyrrelse. Noe skyllet over henne. Det fikk håret til å reise seg. Sånne ting."

Det er noe som skjer med meg når jeg ser en skrekkfilm, men jeg sier det ikke. I stedet går jeg med på å sende forskuddsbetalingen og betale henne hele beløpet ved ankomst. "Vi må finne ut mer, og vi har ikke så mange alternativer."

"Det finnes mange andre alternativer", sier Moni, "men Anna har street cred. Jeg skal sørge for at det skjer så snart som mulig."

***

Den tredje mai, klokken tre om ettermiddagen, kommer det anerkjente mediumet Anna August hjem til meg. Moni og jeg gjemmer oss bak gardinene. Vi ser henne gå ut i oppkjørselen min fra bilen sin. Vi er begge veldig nysgjerrige og vil sjekke henne ut før vi møter henne i levende live.

De siste par ukene har vi vært besatt av Anna. Samtidig har jeg blitt besatt av speilet siden Anna ba meg om å holde meg unna det. Jeg hadde ikke snakket med henne, men hun insisterte på at Moni skulle gi meg den viktige beskjeden.

Beskjeden var at hvis jeg gikk inn igjen, ville hun få vite det. Da ville avtalen vår bli kansellert. Og at full betaling ville bli krevd uansett.

Det ville være lettjente penger for henne hvis jeg ignorerte advarselen. Hun ville få betalt uten å ha tråkket over dørterskelen min. Ordene hennes skremte meg nok til at jeg låste døren til barnerommet. For sikkerhets skyld.

Anna er rundt seksti år gammel og en kjekk kvinne. Hun er ikke pen, hun er kjekk. Dette er ikke ment som en fornærmelse. Det er slik hun fremstår for oss begge. Hun er veldig høy, nærmere to meter, og så har hun håret i en knute på toppen. Det gjør henne enda høyere.

Hun har på seg en blodrød overfrakk med høy krage og svarte hjerteformede knapper. På føttene har hun tykke, svarte kilehælsko. I ansiktet har hun en anelse maskara, røde lepper og ikke noe mer. Det mørke, svarte håret bak venstre øre avslørte en svart, hjerteformet ørering. Perfekt match til knappene på frakken.

Anna går mot inngangsdøren med en kraftig følelse av beslutsomhet og målbevissthet. Hun vakler litt på kilehælene, og vi fniser. Når Anna får øye på oss, blunker hun og gjør et korsets tegn over seg selv. Hun nøler, så gjør hun korsets tegn over huset mitt.

Vi har vært så distrahert og opptatt av alt Anna har gjort at vi ikke legger merke til en mann som følger etter henne.

Han er nesten en meter høy og har svart hår og svart skjegg. Han er kledd i svart frakk, en svart lue som skjuler øynene, svarte bukser og sko. Han sveiper forbi som en mørk, ensom sky. Vi skjønner at bukken skyldes det han bærer på ryggen: en liten, svart koffert. Selv om den er liten, er vekten av den nok til å få ham til å bøye seg forover.

Anna slår på dørklokken, og vi skynder oss frem for å komme dem i møte.

***

Anna feier inn som vinden, og den mørke skyen blåser inn ikke langt etter. Hun strekker ut hånden mot meg først og tar den andre hånden min. Hun ser meg inn i øynene, og jeg ser henne inn i øynene - som har en merkelig grønnfarge med små røde flekker over pupillen.

"Jeg er så glad for endelig å treffe deg", sier hun, strekker ut hånden og stopper før hun tar på babyen. Jeg nikker at det er i orden at hun gjør det, og hun legger den åpne hånden sin på babyen. Jeg forventer at han skal sparke for å anerkjenne hennes nærvær, men det gjør han ikke.

"Han sover nok", sier jeg. Av en eller annen merkelig grunn får det meg til å føle at vi er uhøflige når han ikke presenterer seg med et spark.

Anna kaster frakken fra seg. Hun snur seg mot Moni og sier hei. Hun introduserer oss for mannen sin, som står i bakgrunnen og strekker ryggen. Han heter Ballard.

Jeg går bort til ham, og vi håndhilser. Han trenger hjelp til å få brystet av ryggen, så jeg hjelper ham. Etterpå reiser han seg opp, rak og høyreist. Han er ikke så liten likevel. Han er kort til mann å være, og Anna rager høyt over ham i sine kilehæler.

"La oss ta oss av de kjedelige detaljene", foreslår Ballard.

"Ja," sier Anna.

"Hun mener pengene", hvisker Moni.

Jeg henter håndvesken min fra sidebordet. Den inneholder hele beløpet, som jeg gir til Anna, som gir det til Ballard.

"Takk," sier Anna.

Ballard tar ut pengene og blar gjennom bunken. Han er sikker på at hele beløpet er der, og stapper det i frakkelommen.

Anna sier: "Jeg vil gjerne se rommet nå."

Vi tre, Moni, Anna og jeg (eller fire hvis jeg regner med babyen), går mot barnerommet. Jeg kaster et blikk bakover og ser Ballard lete i lommen etter en nøkkel som han stikker inn i låsen og åpner kofferten.

Jeg er nysgjerrig på nøkkelen, men enda mer nysgjerrig på innholdet. Ballard fortsetter. Jeg vender oppmerksomheten tilbake til denne saken.

"Når tiden er inne", sier Anna mens hun flytter oss videre. Hun ser at jeg ser nysgjerrig på Ballard. Det ser ikke ut til at hun går glipp av noe.

Før vi når barnehagen, stopper Anna brått opp. Jeg er nær ved å kjøre inn i henne, siden jeg nå ligger bakerst i flokken med Moni i spissen.

Annas pust forandrer seg. Hun gisper, og kinnene blir veldig røde. Hun griper tak i veggen til høyre og den andre veggen til venstre med knyttede never og blir stående helt stille. Knyttnevene spretter opp som roser som blomstrer. Hun legger hendene flatt og åpent på overflaten av veggene på hver side av henne.

Hodet hennes flyr bakover, og øynene åpner seg på vidt gap og ser opp i taket. Hele kroppen hennes begynner å riste og skjelve som om hun hadde fått et epileptisk anfall.

***

Da pumper noe gjennom kroppen hennes. Uansett hva det er, ser jeg at det er på vei gjennom henne. Jeg ser på Moni, hvis øyne nesten spretter ut av skallen. Jeg strekker meg over Annas skulder og tar Monis hånd i min. Vi står stille og vet ikke hva vi skal gjøre. Anna fortsetter å vibrere og vri seg.

Da er Ballard der og legger noe mot Annas oppadvendte panne. Det er sølv.

Jeg ser det blinke i lyset, men jeg kan ikke se hva det er. Først en uskarphet, så et skimmer. Snart faller Annas armer og hode. Så er hun tilbake blant oss.

"Jeg er lei for det, min elskede", sier Ballard. "Jeg forventet ikke..." Han stopper opp og ser på Moni og meg, som fortsatt står sammen og holder hverandre i hendene.

"Ikke jeg heller," sier Anna mens hun trekker pusten dypt inn og slipper den ut flere ganger for å roe seg ned. "Det var et mektig noe eller noen. Kan jeg få et glass portvin før vi fortsetter?"

Jeg begynner å si at jeg ikke har noe portvin i huset. Ballard, som har forberedt seg, tar frem en flaske fra innsiden av jakken sin. Han vrir opp korken og gir den til Anna.

Hendene hennes skjelver når hun prøver å ta en slurk. Ballard hjelper henne.

Anna tørker seg om munnen med hånden. Jeg kan fortsatt se at fingrene hennes skjelver når hun sender flasken tilbake. Ballard tilbyr meg en slurk. Jeg takker nei på grunn av babyen. Moni takker også nei, men takker Ballard for tilbudet.

Anna bryter stillheten. "Og nå, la oss fortsette."

***

Før vi når barnehagedøren, smeller den igjen. Kraften er så stor at jeg tror hengslene kan gå i stykker. Jeg presser meg forbi følget, og bruker barnets omkrets til å bane meg vei.

Når jeg er fremme ved døren, stikker jeg hånden ned i lommen etter nøkkelen. Når den er låst opp, forsøker jeg å vri om håndtaket. Jeg sier forsøk av to grunner.

For det første gir det seg ikke, og for det andre er det glovarmt, så glovarmt at jeg skriker når huden min smelter inn i det. Det er som om metallhåndtaket sveiser seg fast til meg, og huden min syder og lukter som om jeg blir grillet.

Det lukter nesten bacon av det brennende kjøttet mitt mens jeg fortsetter å prøve å løsrive meg fra håndtaket. De neste sekundene føles som om tiden har stått stille, og jeg fokuserer på selve håndtaket i stedet for på smerten. I én bevegelse løsner jeg meg. Håndtaket beveger seg. Et øyeblikk tror jeg at det skal snu seg og åpne seg, men det gjør det ikke.

Jeg ser til venstre der Moni står og stirrer, lurer på hva hun skal gjøre, men gjør ingenting. Jeg ser bort på Ballard, som ser på Anna, som har øynene lukket og mumler noen ord.

Jeg ser og lytter til mumlingen hennes, og skjønner at hun holder på med en besvergelse eller en trolldom. Det var i hvert fall det det så ut som, basert på de fiktive tv-seriene jeg hadde sett med hekser.

Utfører synske besvergelser eller trolldom? Jeg var ikke sikker, men uansett hva hun planla, håpet jeg at det kom til å fungere.

Idet den tanken streifet meg, økte varmen fra dørhåndtaket fra ni til ti, og jeg skrek ut av smerte. Ballard løper mot meg med konjakkflasken i hånden og spruter innholdet over hånden min. Det ryker og spytter og lukter som en dårlig julepudding.

Det virker, og hånden min løsner fra håndtaket. Ballard fører meg bort fra døren. Jeg står stille mens Moni gir Ballard førstehjelpsskrinet hun har hentet fra badet. Han pakker hånden min inn i gasbind etter å ha sprayet den med brannsårslindrende væske. Det kjøler ned temperaturen på huden min. Når han vikler gasbindet rundt, er smerten minimal.

Når vi går tilbake til korridoren, er Anna ikke å se, men døren til barnerommet står på vidt gap.

Denne gangen er det Ballard som leder an, og Moni og jeg følger ikke langt etter. Ballard holder høyre arm ut foran seg, som om han venter på at det usynlige og ukjente skal komme. Hvis han hadde hatt et kors i hånden, ville det ikke vært malplassert. Jeg har sett altfor mye fjernsyn for mitt eget beste.

Vel inne i barnerommet hvisker Ballard: "Anna." Han stiller seg i døråpningen og hindrer Moni og meg i å komme inn i rommet.

Vi får ikke noe svar.

Ballard går helt inn, mens han fortsatt roper etter Anna, og vi går inn bak ham.

Vinduet står på vidt gap, akkurat som det hadde gjort den dagen jeg gikk inn i speilet. Denne brisen er imidlertid voldsom. Den blåser gardinene fremover. De bølger og svever over gulvet på en spøkelsesaktig måte.

De flygende gardinene leder blikket mitt i retning av speilet. Moni og Ballard gjør det samme, men denne gangen står de bak meg mens jeg går mot speilet. Teppet som en gang var drapert over speilet, ligger nå sammenkrøllet i en klump på gulvet.

"Anna!" roper jeg.

Ballard skriker navnet til kona si.

Selv om jeg ikke kjenner ham, får toneleiet og tonefallet i stemmen hans meg til å få gåsehud langs underarmene. Jeg snur meg og ser på ham, og ser ren frykt. Det var helt absurd for meg at han var så redd. Ballard er partneren hennes på alle måter. Sammen fokuserer de på å hjelpe folk med å få kontakt med sine kjære på den andre siden. De er proffer.

Jeg går bort til speilet. Med ett stort skritt går jeg inn i det med hele kroppen.

Det siste jeg hører er Moni som roper navnet mitt.

***

På den andre siden er det totalt mørke.

Dette er annerledes enn før. Skremmende.

Jeg tar to skritt fremover. Noe knaser under føttene mine. Jeg beveger meg litt til siden, i håp om at det ikke skal være der, men det er det. Jeg går videre, tråkker på noe større før jeg snubler litt og stopper opp.

Jeg er for redd til å bevege meg, og innser at dette stedet var akkurat slik jeg forventet at innsiden av et speil skulle se ut. Det jeg ikke hadde forventet, er lukten. Det er fuktig som råtnende høstløv og kaldt. Jeg legger armene rundt meg selv.

Jeg rører meg ikke, i håp om at øynene mine skal venne seg til mørket.

Sekundene går. Likevel tar jeg ikke et skritt i noen retning. Jeg kjenner at jeg gynger av og til. Det er ikke lett å stå stille med så stor mage. Det føles som om jeg kan velte. Jeg kjærtegner babymagen og prøver å forholde meg rolig.

Hvor er skogen, stranden og fjellene? Hvor er solen og høstbrisen? Her står den frosne luften stille.

Jeg lurer på om dette er en annen dimensjon.

Hvorfor føles dette stedet så fremmed, når det andre virket hjemmekoselig? Det var dumt av meg å gå inn uten å vite at Anna er her.

Jeg hører et knas og så Annas stemme. "Cath?"

Kroppen min skjelver idet jeg svarer.

"Cath", sier hun, "du må komme deg ut herfra."

Jeg kjærtegner babymumpen min i et forsøk på å være normal.

"Vet du hvor mange skritt du tok etter at du kom inn?" spør Anna.

Jeg forteller henne at jeg ikke har gått mange skritt, men at jeg heller ikke har telt dem.

Hun spør om jeg ville være i stand til å snu, om jeg visste i hvilken retning jeg hadde kommet, og jeg sier at det tror jeg at jeg gjør.

"Snu deg rundt og gå i retning av utsiden", instruerer Anna. "Jeg følger lyden av skrittene dine. Lyden vil lede meg, og så kommer vi oss ut sammen."

Jeg tenker på Darryl da vi møttes for første gang. Med disse lykkelige tankene i hodet presser et minne seg på. Det handlet om noe jeg hadde lest eller sett. Om demoner i mørket som tar på seg stemmene til dem vi kjenner, noen ganger til og med dem vi elsker. Demonene later som om de er den de ikke er.

Jeg får ro i sinnet og skyver tankene fra meg, og får styrke ved å tenke på Darryl og babyen. Jeg snur meg og strekker ut armene for å føle meg frem. Knasingen får meg til å føle panikk, men jeg vet at jeg ikke har gått for langt. Jeg går fremover som en blind zombie og kjenner ingenting.

Jeg tar to skritt til til venstre, fortsatt i samme retning som før, og strekker ut armene foran meg igjen. Fortsatt ingen kontakt med noe. To skritt til.

Der er den. Jeg kjenner det og tar et skritt fremover. Ballard og Moni drar meg resten av veien gjennom.

Anna griper tak i halen på skjorten min og kommer også gjennom.

Vi er trygge.

Vi er tilbake.

***

Jeg gråter mens Moni hjelper meg gjennom rommet. Jeg setter meg i glidestolen som om jeg bar hele verdens vekt på skuldrene. Jeg kjærtegner babybulen min og nynner Frere Jacques for å roe hjertet og tankene. Gutten min svarer ikke med et spark, men han er ikke verre enn at han har det bra.

Moni kommer med en kopp varm te. Hendene mine skjelver for mye til å holde den. Hun løfter den til leppene mine, og jeg tar en slurk.

I hjørnet, utenfor hørevidde, hvisker Anna til Ballard mens hun tar et trekk fra flasken. Hun skjelver, og Ballard stirrer av og til i min retning, og så tilbake på kona si. Jeg hadde reddet henne, brakt henne tilbake. Jeg lurer på hva de snakker om, men jeg er for trøtt til å følge med i samtalen deres.

"Hvor lenge?" spør jeg Moni.

"Åtte timer."

"Det kan ikke ha gått åtte timer!"

"Det er mørkt ute. Ser du?" Hun trekker for gardinene og viser mørket utenfor i stedet for dagslyset. Hun lener seg inn og spør: "Hvordan var Darryl?"

Sønnen min gir meg et så stort spark at det tar pusten fra meg. Jeg kjærtegner foten hans gjennom huden min. "Ro deg ned, gutt."

Moni venter på at babyen skal falle til ro før hun spør: "Hvis Darryl ikke var der, hvorfor var du borte så lenge?"

"Jeg vet ikke", sier jeg og ser i retning av Anna i håp om at hun kanskje kan gi meg noen svar. Hun er tross alt den eneste eksperten i rommet.

Anna tar et nytt trekk fra flasken. Når hun ser at jeg stirrer på henne, snubler hun gjennom rommet. "Går det bra med deg?"

Anna står til venstre for meg, Moni foran meg og Ballard til høyre for meg, som om jeg var midtpunktet i en halvsirkel. Jeg skjelver. Moni kaster et teppe over skuldrene mine.

Anna sier: "Speilet har mange ansikter. Det der," hun peker mot det, "burde ødelegges."

"Men hvorfor?" spør jeg med klaprende tenner. "Det har vært i familien min i flere tiår, og det førte Darryl til meg."

"Jeg foreslår at du sender den bort hvis du ikke kan ødelegge den. Den vil kalle på deg igjen og friste deg til å gå inn hvis den er i huset ditt. Neste gang er du kanskje ikke så heldig. Neste gang kan du bli sittende fast der for alltid."

"Hør på kona mi," sier Ballard. "Hun vet hva hun snakker om, og alt hun ønsker å gjøre, er å forhindre at du og barnet ditt kommer til skade."

"Det kunne ha skadet oss, men det gjorde det ikke," sier jeg. "Det var mørkt og fuktig, men jeg har vært på verre steder, langt verre steder."

Anna nøler, går litt rundt, og sier så: "Den knasende lyden. Hva trodde du det var?"

Ballard går bort til kona og hvisker henne i øret. De snur seg mot meg igjen.

"Løv," svarer jeg. "Døde blader."

Annas øyne lyser opp mens hun ser på mannen sin. "Det var lyden av knuste bein. Knoklene til andre som aldri kom tilbake."

Jeg gisper etter luft og prøver å ikke skrike. Jeg tenker på lyden jeg hadde hørt, og lurer på om hun dikter den opp for å skremme meg. Hvis jeg hadde tråkket på bein, hvordan ville det ha hørtes ut? Hvordan ville det ha føltes under føttene mine? De ville ha hørtes ut akkurat som de i speilet.

"Nå drar vi herfra", sier Anna. "Vi har gjort alt vi kan. Vi kan ikke være her lenger. Merk deg mine ord, hvis du ikke ødelegger den tingen, så er det opp til deg."

Idet de går bort fra meg, roper jeg: "Hvorfor ventet du ikke på meg? Hvorfor gikk dere inn i speilet uten meg? Før var Darryl, mannen min, der. Alt var trygt og godt. Hvorfor ventet du ikke?" Jeg reiser meg og følger etter dem, i forventning om et svar, en forklaring.

Anna fortsetter å gå.

Ballard stopper opp, vurderer å si noe. Han ombestemmer seg. "Kom, min kjære. Denne kvinnen setter ikke pris på ditt offer eller dine råd."

"Hennes offer? Jeg gikk inn dit og fikk henne ut! Jeg reddet henne."

"Ro deg ned", sier Moni. "Det er ikke bra for barnet."

"Kom deg ut av huset mitt," roper jeg.

Etter at Ballard har festet kofferten på ryggen, forlater han og kona huset mitt.

Jeg står der med knyttede never mens vannet sildrer nedover beina mine. Svimmelheten skyller over meg, og jeg faller ned på gulvet.

***

Det er ikke vann likevel. Det er blod.

Det finner jeg først ut etter at ambulansen kommer skrikende opp oppkjørselen min, og ambulansepersonalet sjekker meg. De vitale tegnene mine er fine, men de insisterer på at vi drar til sykehuset.

Mens jeg hviler, bundet til maskiner og monitorer, er jeg takknemlig for at både jeg og sønnen min har det bra. Ikke noe mer og ikke noe mindre.

Moni ringte mamma, som kom raskt. Hun satt hos meg, holdt meg i hånden og fortalte meg at alt kom til å ordne seg. Nå ligger hun og sover i en stol.

Når jeg ser henne sove, innser jeg at mødre er gudelignende. Vi er avhengige av dem for alt fra det øyeblikket vi blir unnfanget. Når de forklarer oss at alt kommer til å gå bra, selv om vi vet at de ikke kan vite det, tror vi dem likevel. Hvis de fortalte oss at himmelen var oransje, måtte vi tro på dem. Hvorfor skulle de lyve for oss? Mødrene våre er sykepleiere, leger, rådgivere, lærere, filosofer og venner. Mødre har så mange hatter.

Jeg kjenner på babybulen min og tenker på mitt eget potensial til å fylle rollen som mor og eneforelder for sønnen min. Jeg håper jeg kan matche min mors styrke og mot. Hvis jeg kan komme opp i åtti prosent av det hun har vært for meg, vil jeg være overlykkelig.

Jeg tenker på hva legen har fortalt meg. Blødningen var ikke noe alvorlig. En midlertidig tilstand, og den hadde stoppet. Babyen har det bra, og hjertet slår sterkt. Men det er ikke lenge til termin, og de vil at vi skal være her.

Jeg sovner og tenker på Anna, skuffet. Det hadde vært så mye opp til at hun skulle komme og tilby sin hjelp. Jeg hadde bedt Moni om å ta kontakt med henne for å se om hun kunne fylle ut noen av hullene. Jeg ville vite hva som skjedde med henne før jeg gikk inn i speilet. Hva visste hun? Hva hadde hun sett?

Jeg ville også vite hvorfor hun hadde hoppet inn i speilet før noen av oss var i rommet.

Tårene renner nedover kinnene mine i en stille gråt. Jeg savner Darryl så mye. Livet ville vært helt annerledes hvis han var her. Livet er for kort, for dyrebart til å kaste bort et eneste øyeblikk.

Jeg faller tilbake mot puten og lukker øynene.

***

Føttene mine løfter seg fra bakken. Jeg flyr med monarksommerfuglvingene mine ut i det fri. Jeg stiger høyere og høyere opp mot himmelen mens flyene passerer meg. Passasjerene vinker ut av vinduene. Fugler stopper opp. En setter seg på skulderen min. Den åpner og lukker nebbet i sang, som om den prøver å føre en samtale med meg. Den flyr videre, lykkelig over å ha forsøkt å kommunisere med en annen himmelboer.

Under meg følger en liten, bevinget person etter. Jeg kjærtegner babymagen min, men oppdager at den ikke lenger er der. Den bevingede personen under meg er barnet mitt. Vingene hans er blå og svarte. Han er i ferd med å lære å fly. Han kommer mot meg, kjempende.

"Mor", roper han.

Jeg svever på plass og venter på at han skal ta meg igjen.

"Mor", roper han igjen.

Jeg presser meg ned til vi står side om side. Jeg tar hånden hans.

Sammen reiser vi oss.

Jeg kaster hodet bakover, fortsatt med hånden hans i min, og himmelen skifter fra dag til natt på et brøkdels sekund. Luften går fra varm til kald, og vinden tar seg opp og skyver oss bort.

Sønnen min og jeg klamrer oss til hverandre, holder oss fast og basker med vingene i takt. Maktesløse.

Tordenen ruller inn. Lynene slår over himmelen bak oss, under oss, kommer nærmere og nærmere.

En fulltreffer på vingene mine. En gnist tennes på hans.

Vi styrter tilbake dit vi kom fra.

***

Jeg våkner skrikende. Så mye for ikke å vekke mamma.

Drømmen hadde vært så virkelig, så levende. Den fikk monitorene til å blinke og pipe. Sykehuspersonalet kom løpende inn og tok kontroll.

"Det var bare en drøm", sier jeg for å berolige dem. Likevel fortsetter de å skynde seg rundt.

Jeg tørker søvnen ut av øynene.

Det er noe galt med mamma. De kom ikke inn for å hente meg.

De legger henne i en sykehusseng og ruller henne ut av rommet. Hjulene knirker henne bort fra meg.

"Hva er det som skjer?" roper jeg. Jeg prøver å komme meg opp, for å gå med henne, for å være sammen med henne. Jeg må ta igjen følget.

Men jeg er bundet fast. Jeg prøver å komme meg løs. Det går ikke fort nok.

En sykepleier stikker en nål i armen min.

Det siste jeg husker er at jeg banner til henne.

***

Moni er ved min side når jeg våkner. Det hadde vært dag da jeg sovnet. Nå er det mørkt. Alt gjennom vinduet ser blåsvart og stjerneløst ut.

Idet jeg prøver å sette sammen bitene, sparker sønnen min meg ekstremt hardt. Det er nesten som om han minner meg på at jeg må sette ham først, som om jeg trenger en påminnelse. Først var det den skumle drømmen. Så var mamma i trøbbel, syk eller noe.

Jeg kommer tilbake til virkeligheten.

Moni gir meg et glass vann. Hun og jeg har vært venner så lenge at det av og til føles som om vi har en telepatisk forbindelse. Moni er verdens beste venn. Jeg vet ikke hva jeg skulle gjort uten henne.

"Takk," sier jeg mens jeg tar en slurk og kjenner det kjølige vannet baner seg vei ned i den veldig tomme magen min. Ikke rart at babyen min sparker som en gal. Jeg trenger påfyll etter å ha gått glipp av noe å spise i dag. Ikke at sykehusmaten er noe å skrive hjem om. Jeg spør Moni om hun kan snike seg ut og kjøpe noe fastfood-aktig til meg som en liten belønning.

Moni er som vanlig logisk og foreslår at jeg ringer sykepleieren. Spør om de kan gjøre noe for meg, slik at jeg ikke forstyrrer kostholdet til meg selv og babyen. Det høres ut som et godt råd, selv om jeg ville ha drept en cheeseburger, pommes frites og en milkshake.

Sykepleieren er hjelpsom og sier at hun skal komme med noe spesiallaget til meg så snart som mulig. På sykehusspråket, det vil si så snart jeg har nådd toppen av hakkeordenen. Først inn, først til mølla.

Jeg gnir babymagen med den ene hånden og drikker mer vann for å holde sultfølelsen i sjakk.

"Vi må snakke sammen", sier Moni.

"Jeg lytter."

"For det første går det bra med moren din. Hun fikk et hjerneslag, men så vidt jeg har forstått, var det ikke et stort et. Jeg kjenner ikke detaljene fordi jeg ikke er i familien, men jeg har inntrykk av at hun kommer til å bli helt frisk."

Jeg puster lettet ut og minner Moni på at hun er som den søsteren jeg aldri har hatt.

"Jeg har en søster," sier Moni, "men du er min foretrukne søster."

"Jeg elsker deg," sier jeg.

"Jeg elsker deg også."

Vi er stille et øyeblikk, og så sier hun: "Jeg snakket med Anna på vegne av deg. Besøket hjemme hos deg og i speilet skremte dem fullstendig. De to er ikke nybegynnere. Hun, jeg mener Anna, har aldri følt seg så nær den rene ondskap som da hun var inne i speilet ditt."

Jeg husker følelsen av lykke da jeg var sammen med Darryl. Følelsen av hans berøring. Hans forbindelse med sønnen sin. Det hun sa virket latterlig, og jeg sa det.

"Hva mener du?"

"For det første var jeg der også. Ja, det var veldig mørkt. Det var fuktig og til og med litt stinkende, men jeg følte ikke at det var noe ondt i luften. Hvis ondskapen lurte i det mørket, kunne den ha tatt hvem som helst av oss når som helst. Vi var prisgitt dens nåde. Så hvorfor gjorde den ikke noe?"

"Hun sier at djevelen bare vil ha sjelene til de skadede. De som har begått ondskap eller gjort onde gjerninger. De eneste unntakene er de som kommer til ham frivillig, og som er rene av hjertet."

"Og Anna, hvordan passer hun inn i det scenariet? spør jeg.

"Anna sa at hvis ikke akkurat du og babyen hadde vært der, så ville den tingen ha tatt henne. Hun sier at den hvisket til henne at hun var fortapt, at hun var hans, før du gikk inn i speilet. Da du gjorde det, kom det et lys fra babyen. Det var ikke et sterkt lys. Det var svakt, men det var nok til at hun visste at du var der. Lyset førte henne til deg, og i siste sekund grep hun tak i deg, og du dro henne ut. Uten babyen, uten deg, ville hun ha vært fortapt, sjelen hennes ville ha sittet fast der inne for alltid."

Uten å tenke over det kjærtegner jeg babyens fot. Han snur seg inni meg.

Jeg ser opp idet en fremmed med en skriveplate kommer inn i rommet. Han rynker pannen like stor som Grand Canyon, men er på en eller annen måte rød og blek på samme tid.

"Er du Cath?" spør han.

***

Han har ikke hvit frakk, og han er ikke familie eller en venn.

Jeg nikker og bekrefter at jeg er meg.

Som svar roper han: "Kom inn med det."

To bud kommer inn med en stor, tildekket gjenstand.

Før de viser det frem, vet jeg allerede hva det er. Speilet. "Hva gjør det her? Jeg ba dere ikke om å komme med det."

"Skriv under her." Mannen gir Moni en penn. Hun nekter først å skrive under, men mannen hever stemmen. Han truer med å lage bråk, så hun skriver under, men først etter at jeg ber henne om det.

"Vi får finne ut hva vi skal gjøre med det når de to tullingene - ikke ta det ille opp - har dratt."

Moni flirer, og det gjør jeg også.

Leverandørene trekker seg tilbake.

"Hva gjør vi nå?" spør Moni og stiller seg så langt unna speilet som hun kan uten å gå ut døren.

Jeg føler meg trygg der jeg ligger på sengen, pakket inn i dynen. Herfra kan jeg gjøre mitt beste for å ignorere elefanten i rommet. Hva i all verden gjorde den her, og hvem har sendt den?

***

Monis telefon ringer, og vi skvetter begge til. Hun er opptatt med å skyve speilet til side ved vinduet.

"Jeg kommer straks tilbake", sier hun.

På vei for å hilse på meg får en ny betjening øye på speilet og avdekker det. "For et vakkert speil", sier han. "Spesielt rammen og treverket er helt fantastisk." Han stryker fingrene over de inngraverte, sammenføyde hendene og sier: "Er det ikke japansk?"

"Jeg vet ikke, men det har vært i familiens eie i flere tiår."

Betjeningen plasserer speilet slik at det er synlig i mitt perifere synsfelt. En del av det er vendt mot meg, og en del av det er vendt mot vinduet.

Han ser på baksiden av det. "Jeg har sett noe lignende før. Hvis du noen gang vil selge den, kan du ringe hit og spørre etter meg eller legge igjen en beskjed.

Mitt navn er Daniel Chung." Han gir meg kortet sitt.

"Takk", sier jeg idet Moni kommer tilbake til rommet.

"Er alt i orden?" spør hun, mens hun ser på speilet og ser at pleieren beføler det.

"Ja," svarer jeg, "Daniel fortalte meg at han trodde speilet var japansk. Han sa at han har sett noe lignende før. Og han ville være interessert i å kjøpe det. Hvis jeg noen gang ville skille meg av med det, altså."

Moni blekner.

Daniel sjekker pulsen min. Han bekrefter at alt er i orden og spør om jeg trenger noe.

"For en merkelig fyr", sier Moni.

Vannet mitt går.

***

Ting skjer for fort. Monitorene går amok. Veene begynner. Jeg er utvidet og klar til å presse. Babyens hjerterytme faller, og det samme gjør blodtrykket. De triller meg ut på operasjonsstuen og begynner å gjøre meg klar til keisersnitt. Jeg skulle ønske Darryl var her.

Alt er praktisk. De gir meg medisiner og går inn for å redde sønnen min.

Jeg er helt ute av meg, kan verken se eller føle noe. Jeg ser sykehuspersonalet gå rundt. Jeg lytter til maskinene. Jeg håper og ber om at sønnen min skal klare seg.

De løfter ham opp, så jeg kan se ham.

Han gråter ikke.

Han er blå.

Jeg skriker.

Noen stikker en nål i armen min.

Jeg sover i visshet om at sønnen min er død.

***

Jeg våkner og husker.

"Vil du holde ham?" spør en sykepleier.

Jeg nikker.

Hun forlater rommet.

Jeg står opp av sengen.

Sønnen min kommer inn i en glassmonter, svøpt i et grønt teppe. Han har på seg en matchende strikket lue.

Hun rekker ham over til meg. Tårene triller nedover kinnene mine mens jeg kysser den kjølige pannen hans og ser oss gjenspeile oss i speilet på den andre siden av rommet.

Jeg går mot det.

Jeg er fortsatt mamma. Jeg holder sønnen min.

Jeg kysser hvert av øyelokkene hans.

Bakken under føttene mine begynner å riste, mens solen skriker lys inn i rommet og inn i speilet og inn i sønnen min.

Øyelokkene hans spretter opp. Han ser meg. Kjenner meg.

Så er han borte.

Jeg snubler, med ingenting i armene.

Der i speilet holder Darryl sønnen vår.

"Jeg elsker deg", sier Darryl og kysser ham på pannen.

"Jeg er glad i deg også," sier jeg mens sønnen vår begynner å gråte.

Speilet begynner å snurre, først sakte, så tar det fart. Det støter og kverner og vrir seg som om det skal fly av gårde.

Hypnotisert klarer jeg ikke å se bort.

Darryls hånd strekker seg ut av speilet, og jeg tar den.

Og vi er sammen for alltid, Darryl, babyen vår og jeg.

ET DØDSØNSKE

DET VAR VANSKELIG FOR ham å tenke på noe annet.

Han levde i den perfekte tid. En tid da han kunne finne hva som helst på nettet.

Videoer og bilder. Alt han trengte å vite om det. Til og med ting som skremte livet av ham! Og han kunne gjøre det på jobben eller hjemme.

Alt han trengte å gjøre, var å ha flere faner åpne, og bytte frem og tilbake når han trengte det. Det var som om han var en spion som lekte katt og mus, en lek som bare han visste at foregikk.

Han brukte hver eneste våkne time - eller så mye han kunne - på research. Han arrangerte og omarrangerte brikker i puslespillet. Forberedelse var nøkkelen. Å få alt på plass til han var klar. Da ville det være enkelt, og med alle fakta på bordet ville han eliminere muligheten for å mislykkes.

"Å mislykkes er ikke et alternativ", sa han til seg selv og lurte på hvem som hadde sagt det først. Nysgjerrig googlet han det. Han fant en bok med samme navn, skrevet av Gene Kranz, Flight Director for NASAs Mission Control.

Problemet med å forske på Internett - distraksjoner. Det er så lett å komme bort fra sporet. Ned i et mørkt hull. Hvis han ikke passet på, ville tiden fly av gårde, og snart ville han være altfor gammel til å gjøre det.

Og så var det avbrytelsene. Livet hadde sine forstyrrelser, både gode og dårlige. Man måtte se det i øynene - man kunne gå gjennom livet og gjøre ting man elsket eller ting man hatet, men uansett løp tiden fra en, og det var ingenting man kunne gjøre for å kontrollere den.

Alt man kunne gjøre, var å lukke døren og håpe og ønske verden bort. Noen ganger var det ikke en særlig god følelse for de menneskene i livet ditt som du elsket, som kona di. Eller hunden din.

Noen ganger følte han at han burde falle om og bekjenne alt for sin kone. Kaste seg for hennes føtter. Men så tenkte han på hvordan det ville føles hvis hemmeligheten hans ikke bare var hans hemmelighet. Hvordan han ville måtte svare på spørsmål, og hvordan avgjørelsene hans ville bli gjenstand for diskusjon. Hver eneste lille bit av ham ville bli dratt fra hverandre som en julekjeks.

Nei, bestemte han seg. Hemmelighetskremmeri var den eneste måten. Dessuten ville hun bekymre seg. Og hun ville kanskje involvere andre, som hans foreldre eller hennes foreldre eller deres venner. Da ville katten være ute av sekken.

Han lurte på hvor det uttrykket kom fra. Han søkte på det og humret av debatten på nettet, særlig de tyske og nederlandske sammenligningene med "grisen i pølsa". Han scrollet nedover for å finne forfatterens navn, men ga opp da kona "han-hemmed" bak ham. Han byttet til noe nøytralt på skjermen.

"Noen minutter til," sa han.

Hun lukket døren bak seg.

Hver gang hun stakk hodet innenfor døren ... Selv etter at hun var borte ... Han følte seg som om han var syv år gammel igjen og tatt med hånden i kakeboksen.

Forbannede katolisisme, tenkte han.

Han følte seg skyldig i alt.

Det var ikke som om han runket eller noe sånt.

Han jobbet.

For det meste jobbet han.

Riktignok fikk han ikke betalt, men det var likevel arbeid. Det hadde et formål. Han søkte på ordet "arbeid". En definisjon var "en form for tortur".

Han lo.

Han prøvde å konsentrere seg, men klarte det ikke fordi han følte seg så forbannet skyldig. Som om kona hele tiden var på nakken av ham. Som om kona hele tiden bebreidet ham - noe hun ikke gjorde. Tankene hans ropte: "Betyr ikke jeg noe?" Han holdt seg for ørene og grøsset. Bare tanken på at hun skulle fordømme ham, at ordene hennes skulle skjære gjennom ham som smør, fikk ham til å bite seg i tommelen ...

"Biter du deg i tommelen når du ser på oss, sir?" spurte han det tomme rommet.

"Sa du noe?" spurte kona gjennom den lukkede døren.

"Nei," sa han. Og så sa han: "Jeg biter ikke tommelen mot dere."

Dette var de eneste replikkene fra Shakespeare han husket. I likhet med Shakespeare var han litt av en dramaqueen.

Han gikk tilbake til arbeidet, med dårlig samvittighet for at han hadde løyet for Jayne.

Det var ikke som om han så på porno eller noe sånt heller. Noen av kompisene hans hadde sine skyldige gleder på nettet, men det var ikke hans greie. Når de skrøt av erobringene sine, fikk han lyst til å forsvinne. En av de gifte vennene hans hadde meldt seg inn på flere av disse datingsidene på nettet. De sendte ham bilder på mobilen, og han hadde ikke engang møtt dem personlig. Og så var det de pornoavhengige på nettet. De snakket om det, til og med skrøt av det.

Det fikk ham til å føle seg kvalm. Han skammet seg over å være mann.

Men mange av konene var ute og kjøpte rosa håndjern etter å ha lest den sexy boken på bestselgerlisten. Kona hans prøvde også å lese den, men siden hun var engelsklærer, kom hun ikke forbi den dårlige teksten. Vennene til kona hans ba henne om å prøve. De ba henne ignorere skrivestilen, men læreren i henne ville ikke tillate det.

Nok en gang lot han tankene vandre. Han søkte på tittelen på den sexy boken og oppdaget en upassende dukke på YouTube som leste noen kapitler. Han satte på seg øretelefonene og lyttet, og lo til tross for seg selv. Noen hadde lagt mye arbeid i å sette den sammen.

Men det var ikke annet enn en distraksjon. Han måtte tilbake til oppgaven. Han hatet seg selv når han ikke klarte å konsentrere seg, men likevel var han så lett å distrahere.

Akkurat da bjeffet hunden Buddy, og han så på klokken. Buddy hadde vært ute i nesten tretti minutter.

Med dårlig samvittighet hoppet han opp og tok noen skritt mot døren uten å skifte ruten. Buddy bjeffet igjen, og han gikk tilbake for å lukke den bærbare datamaskinen. Bedre å være på den sikre siden, tenkte han da han forlot rommet og gikk ned korridoren.

"For lite, for sent", sa Jayne lattermildt i hans retning da Buddy kom hoppende mot ham.

"Unnskyld," sa han, "jeg hørte ham nettopp."

"Ikke noe problem," sa hun, "jeg var nærmere." Så gikk hun tilbake til å lese og rette elevenes oppgaver.

Han og Buddy gikk tilbake langs gangen og inn på kontoret hans. "Unnskyld, Bud", sa han da hunden satte seg ned på gulvet og begynte å slikke ham i ansiktet. "Har du savnet meg, Buddy?" spurte han gjentatte ganger mens Buddy bjeffet et ja.

"Jeg får komme meg tilbake på jobb, Bud", sa han resignert.

Han gikk tilbake til kontoret sitt. Han satte seg ned, fast bestemt på å fokusere.

Han lente seg nærmere skjermen, mens han hele tiden veide for og imot. Han skrev ikke ned noe eller gjorde noen notater. Hvis han gjorde det, kunne noen finne dem og lese dem. Da måtte han forklare alt, og det ville ikke være en samtale han ønsket å være en del av, verken nå eller noen gang.

"Vil du ha en kopp te?" ropte Jayne fra kjøkkenet.

"Nei takk," sa han.

Distraksjoner og flere distraksjoner. Fem enkle ord som "Vil du ha en kopp te" kunne få hjernen hans til å gå i spinn. Han begynte å tenke på ditt og datt, og hvordan alt hang sammen. Før han visste ordet av det, var han en liten gutt som svingte seg på huskene i foreldrenes hage. Så så han seg selv gynge fra et tre i parken. Han ville være for utslitt til å forske. Ikke fysisk utslitt, forstår du, men mentalt.

Men i dag var for det meste hans dag. Det var søndag, og Jayne skulle bruke mesteparten av dagen på å rette oppgaver og deretter lage middag. Hun forventet selvfølgelig at han ville komme ut av "hulen" sin på et eller annet tidspunkt. Det var det hun kalte kontoret hans. En direkte referanse til boken hun hadde sett på Oprah. Kona hadde gitt ham et eksemplar i gave, i håp om at den ville få ham ut av mannehulen. Han husket ikke anledningen, men ut fra det han hadde forsøkt å lese, virket den som noe søppel.

Jayne banket på igjen.

Han rakk akkurat å klikke seg over til firmaets side igjen før hun la armene rundt halsen hans og kysset ham på toppen av hodet.

Han trakk ufrivillig skuldrene sammen. Han skjulte arbeidet sitt og forestilte seg at hun var interessert i det han hadde på skjermen.

Hun hadde vært interessert, for hun kommenterte at Facebook var åpent i et annet vindu. Han følte seg som en idiot som kastet bort tid på Facebook en søndag ettermiddag. Eller for å si det på en annen måte, han følte seg som en tulling fordi Jayne trodde at han på en søndag ettermiddag ville foretrekke å bruke tiden sin på Facebook - i stedet for å være sammen med henne. Det var overhodet ikke tilfelle, og det ville han forsikre henne om.

Men samtidig tenkte han at det kanskje var likegyldig hva hun tenkte på dette tidspunktet.

Han scrollet nedover jobb-e-posten sin og lot som om han var svært opptatt da et statusoppdateringsvindu dukket opp. Han lukket det raskt og ønsket at Jayne skulle forsvinne.

"Er du klar til å dra ganske snart, kjære?" spurte Jayne.

"Ja visst, gi meg fem minutter", sa han, og da hun nærmet seg døren, "eller kanskje ti?"

"Greit, da sier vi ti, men du trenger virkelig litt frisk luft i dag. Og jeg også. Dessuten skal jeg gjøre klar Buddys leder, så kan han også bli med."

"God idé," sa han, vel vitende om at Buddy gledet seg mer til å komme seg ut enn han gjorde.

***

Det er nok å si at deres eventyr utenfor dørene ikke varte særlig lenge. Det førte til kjøpesenteret. Folkemengder. Lønnsmottakere. Tidstyver. Neste ukes hemoroide H-ere. Han smilte, men følte ikke behov for å dele vitsen med Jayne.

Jayne tilbød seg å rydde bort alt, så han lot henne gjøre det.

Han ville og måtte inn i hulen sin og lukke døren. Han gjorde som en skilpadde da han kom inn, med skjorten rundt hodet. Slik satt han der og søkte trøst og stillhet til han var rolig nok til å begynne å forske igjen.

Da han fikk hodet opp igjen, kunne han høre Jayne lage middag. Hun nynnet på en gammel radiokanal. Han så for seg Jayne ved komfyren mens Buddy satt der inne og ventet tålmodig på at han skulle få en smak eller to.

Det var Bud-meisteren. Han ventet alltid, og med de dådyrøynene som fulgte med, måtte du kaste noe til ham. Han kom til å savne den hunden.

Han knakk knokene et par ganger som en profesjonell pianist. Så strøk han fingrene over tastaturet. Google-søk. Men det som dukket opp, var noe helt annet enn noe han noen gang hadde sett før!

Det var på nettet. Det var videoer av folk som gjorde det. Gjorde det! Da han så den første, følte han det nesten som om han hadde vært personen i videoen. Hjertet hans banket, og det samme gjorde pulsen. Han kunne ikke tro at bare det å se en video kunne forårsake en slik reaksjon.

Noen burde klage på dette, tenkte han, og så tenkte han: "Jeg burde klage på dette. Men det hadde han ikke tenkt å gjøre. Han så en til, og en til, og en til. Hver gang følte han at han selv var den interessante personen. Hver gang hoppet hjertet nesten ut av brystet på ham.

Han slo det av. Det var for mye. Alt, alt for mye!

Han fortsatte å spille det han hadde sett om og om igjen i hodet. Han kunne ikke flykte fra det. Og jo mer han tenkte på det, jo reddere ble han. Jo mer skremt han ble, jo mer sviktet motet hans, helt til han lurte på om han kunne gjennomføre det.

Alt lå i øynene. Ofrenes paniske øyne!

Han vurderte ansiktsuttrykkene deres. Han bestemte seg for at de så slik ut fordi de, i motsetning til ham, ikke hadde gjort noen undersøkelser på forhånd.

Han tenkte at de bare måtte ha bestemt seg og gjort det. Denne ideen kunne han ikke begripe.

Det var altfor risikabelt, og hva om de ombestemte seg?

Hva om han ombestemte seg i siste øyeblikk?

Han ville ikke at det skulle skje med ham.

Han var i hvert fall annerledes enn dem.

Kanskje han var overforsiktig.

Kanskje var han for kjedelig til å kunne forandre livet sitt - til å kunne ta kontroll over livet sitt. Alt sammen fordi han så lenge hadde vært prisgitt bedriftens tredemølle. Han og alle de andre hamstrene. Av og på, av og på, av og på uten å få noe igjen for det.

Han hatet livet sitt. Ja, han elsket Jayne, og han elsket Buddy - men livet er mer enn bare jobb og seng.

Ja, det var fint å elske og kose. Venner og familie og alt det følelsesmessige hokuspokuset var fint. Men livet måtte ha mer å by på. Det måtte det bare! Og han skulle strekke ut hånden og gripe etter den ringen før det var for sent.

For han visste at hvis han ikke snart gjorde noe for å få tilværelsen på denne planeten til å bety noe - da kunne han like gjerne ikke engang ha vært her.

Han lukket den bærbare datamaskinen, la hodet ned og sovnet.

***

I drømmen hadde han ingen ben. Han var bare et hode og en overkropp som satt ved skrivebordet og skrev. Han hadde heller ingen spesiell stol. I drømmen satt han på den samme stolen som alltid, med ruller på beina. Når han skrev, fikk vibrasjonene fra fingrene som beveget seg over tastaturet overkroppen til å bevege seg og svaie. Siden stolen ikke hadde noen armer, ville overkroppen helle i retning av hånden han skrev med. Det var merkelig, men han var ikke redd for å falle sidelengs. Han følte seg fryktløs, og merkelig nok inspirert.

Så begynte en sang å spille veldig høyt, et sted i bakgrunnen. Det var Mozart eller Beethoven eller en av de klassiske komponistene. Noe i hodet hans fikk ham til å lengte etter å tromme med tærne - men han hadde ingen tær. Han våknet og ga fra seg et skrik.

Jayne og Buddy kom løpende og åpnet døren. "Du har et epleavtrykk på kinnet," sa Jayne da hun skjønte at han hadde det helt fint.

"Unnskyld," sa han.

"Middagen er snart ferdig," informerte hun ham.

"Ok," sa han.

Hun gjorde tegn til å lukke døren bak seg, men han sa at det var greit å la den stå åpen. Hun hadde et spørrende uttrykk i ansiktet, men sa ikke noe mer.

Da han kom inn på kjøkkenet, gikk han til kjøleskapet for å hente en øl. De spiste middag i en hyggelig, men ikke snakkesalig atmosfære. De elsket hverandre, men noen ganger var ikke kjærlighet nok.

Ikke nok da Jayne fant ut at hun ikke kunne få den familien hun ønsket seg. Hun hadde vært gjennom test etter test, og alt så ut til å fungere fint. Men så ble han testet, og håpet og drømmene deres falt fra hverandre. Han hadde ikke nok friske svømmere. Da døde ethvert håp om å få en familie.

Først var hun elskverdig. Det var nesten som om hun var lettet, fordi problemet var hans i stedet for hennes, noe som var helt greit - men det fikk ham på en måte til å føle seg mindreverdig. Han snakket aldri med henne om det. Eller med noen andre, for den saks skyld.

Etter det første sjokket vurderte de andre alternativer som adopsjon, IVF eller surrogatmødre. Ingen av disse alternativene tiltalte ham. Innerst inne følte han at Jayne fortjente noen som var bedre enn ham. En som kunne gi henne alt hun ønsket seg.

Det var omtrent på den tiden da han og Jayne hadde kjørt hjem fra et sted og lagt merke til et dyrehjem. Hjemløse hunder og katter. Paret hadde ikke vurdert muligheten for å adoptere et kjæledyr før.

"Vi kan jo ta en titt", foreslo Jayne.

"Det kan vel ikke skade", hadde han sagt.

Vel inne på internatet ble de slått av bjeffing og mjauing. To kakaduer sluttet seg til skravlingen.

Han følte seg klaustrofobisk og ville ut.

Jayne begynte å snakke med en av kakatooene, og de så ut til å like tonen i stemmen hennes. Hun så på ham med et håpefullt uttrykk.

"Jeg er ikke enig i at fugler skal holdes i bur", sa han.

"Hmmm," sa hun mens hun gikk videre mot kattene. "Det er så mange av dem," bemerket Jayne. "Det ville være vanskelig å velge."

"Jeg foretrekker en hund," sa han.

"Hmmm," gjentok hun.

Følgelig førte vandringen deres rundt på internatet dem til Buddy. Da het han ikke Buddy.

De ansatte på internatet hadde gitt ham navnet Buster, og han hadde vært på internatet i litt over en måned. Han var en stor pelskule med føtter som var for store for kroppen hans. Han trasket klossete mot dem. Snublet og krasjet. Mens hundelufteren forgjeves forsøkte å holde ham i tømme. Men det var som om Buster var ensporet.

Han gikk rett mot dem. Han spredte kroppen sin på bakken ved føttene deres. Hunden så ham rett inn i øynene, og det var ingen tvil om at Buster kom til å bli adoptert den dagen.

"Kan jeg endre navnet hans til Buddy?" spurte han.

"Jeg vet ikke - prøv det på", foreslo hundelufteren.

"Kom hit, Buddy", sa han. "Kom hit, gutt."

Buddy la ørene bakover, og hoppet opp i armene hans. Den dagen ble de en familie på tre, og fra det øyeblikket dreide livet deres seg om Buddy.

Han fikk fortsatt tårer i øynene hver gang han husket det øyeblikket. Han ville savne Buddy, og han ville savne Jayne, men de ville komme over det. De ville komme seg videre, med tiden, og de ville bli bedre av det.

Det var i hvert fall det han sa til seg selv.

Om kvelden gikk de til sengs samtidig. Hun leste en bok, og han prøvde å lese, men ingenting kunne holde på oppmerksomheten hans. Så han bare tenkte og stirret og tenkte og stirret. Og når Jayne snakket til ham om boken hun leste, nikket han, men han hørte egentlig ikke etter. Hun forventet ikke at han skulle gjøre det. Buddy lå ved enden av sengen og snorket lenge før dem.

Når hun sovnet, reiste han seg og gikk rundt. Han lot ikke Buddy gå sammen med ham, for potene hans ville ha vekket Jayne hvis de trampet opp og ned i gangen. På et eller annet tidspunkt i løpet av natten bestemte han seg for at han handlet overilt. Han hadde sagt til seg selv at han bare måtte komme seg gjennom enda en uke på jobben, så ville alt ordne seg.

Han visste at han trakk ut tiden, men ingenting hadde forandret seg.

Det var uunngåelig.

***

Mandag morgen kom likevel, og vekkerklokken ringte.

Han gikk ut til Buddy og spiste litt ristet brød. Drakk en kopp kaffe og kysset Jayne farvel før han kjørte til kontoret. Han satt i kø i tjue minutter. Han lyttet til nyhetene og skravlingen til han lengtet etter stillhet. Han trakk pusten dypt inn mens bilene rykket frem med jevne mellomrom.

"Hvorfor venter jeg i trafikken hver eneste dag for å komme meg til en jobb jeg hater?" spurte han seg selv høyt.

"Hvorfor er jeg en slik sutrekopp?" svarte han med et annet spørsmål.

Fordi du må gjøre noe, sa en stemme inne i hodet hans. Du må få fart på hjertet ditt. Du må være uredd. Du må tisse eller komme deg ut av gryta!

Lettere sagt enn gjort, tenkte han. Lettere sagt enn gjort.

På kontoret hilste han på resepsjonisten som sa at sjefen ventet inne.

"Hadde vi et møte planlagt?" spurte han mens han bladde gjennom timeplanen på telefonen.

"Nei," bekreftet hun.

Han kjente en svettedråpe danne seg i pannen da han gikk inn på kontoret. Sjefen reiste seg, og de hilste og håndhilste som om det var første gang de møttes.

Merkelig, tenkte han, siden jeg har jobbet her i syv år.

"Sett deg ned", sa sjefen. Det hørtes ut som en direkte ordre, så det gjorde han, selv om han befant seg på sitt eget kontor. På sin egen hjemmebane.

"Hva kan jeg gjøre for deg, sir?" spurte han.

"Jeg har blitt gjort oppmerksom på at du har brukt ganske mye tid - nei, jeg må være ærlig - ganske mye tid på Google i det siste. Du har ikke skaffet noen nye kunder. Ærlig talt, jeg er - vi er, som et firma du vet, vi er bekymret, fordi du ikke holder din egen. Du drar lasset ditt. "

Han nølte i noen sekunder. Munnen hans hadde åpnet seg, men så lukket han den uten å si noe.

"Hva har du å si til ditt forsvar?" spurte sjefen. "Har du noen forklaring?"

"Jeg - nei," stammet han. "Jeg bare..."

"Ut med språket, gutt," sa sjefen. "Det må finnes en eller annen forklaring!"

Han ristet bare på hodet.

"Kanskje du har familieproblemer?"

"Nei."

"Alkohol? Narkotika? Dødsfall i familien? Skilsmisse?"

Han ristet på hodet og sa nei. Hvis det bare var sant!

"Kom igjen, mann", sa sjefen hans og ble oppgitt. "Gi meg noe å jobbe med. Hva som helst!"

"Jeg har vært under mye stress. Mye press."

"Ja, der har du det, gutt. Jeg vet at jeg overrumplet deg ved å komme uventet inn på kontoret ditt, men nå begynner du å få taket på det, gutten min. Fortell meg mer. Hvordan kan vi hjelpe deg? Jeg mener, jeg og partnerne."

"Jeg vet ikke helt," sa han. "Jeg tror det er best om du gir meg sparken."

"Hvem har sagt noe om å gi deg sparken? Vi har ikke kommet til det punktet ennå. Du har sju - tell dem - sju gode år bak deg her. La oss være realistiske - det er nok mer som seks og et halvt - men du er et verdsatt medlem av teamet vårt. Vi vil hjelpe, hvis du lar oss. Hvordan kan vi hjelpe, gutten min?"

"Hvis dere ikke vil gi meg sparken, kan dere vurdere en permisjon? Kanskje en måned fri? Uten lønn er greit. Jeg har ikke noe imot det. I-"

"Uten lønn, sier du. Vel, det er ingen grunn til å gå uten lønn. Jeg skal ordne papirarbeidet i dag. Vi kaller det stresspermisjon. Én måned med full lønn. Ta med deg kona og Buddy og dra på en fin ferie et sted. Slapp av." Han reiste seg, lente seg over skrivebordet, og de håndhilste igjen.

"Takk, sir", sa han. "Takk, sir", sa han. Det skal jeg virkelig."

"Heather vil gi deg papirene du skal signere før dagen er omme. Jobb i dag, gjør ferdig alt du kan, og deleger resten til noen andre. Jeg sender ut et notat til hele selskapet om at du skal ha en måned fri - men vi sier selvfølgelig ikke hvorfor." Han tok seg på nesen, som for å bekrefte deres felles hemmelighet. "Det blir mellom deg og meg."

Han reiste seg og fulgte sjefen sin til døren. Sjefen klappet ham på ryggen.

"Ta vare på deg selv, og ikke bekymre deg om ting her. Vi holder fortet til du kommer tilbake."

"Takk igjen, sir", sa han, og han klarte til og med å smile et øyeblikk.

Så satte han seg ved datamaskinen og begynte å forske igjen. På slutten av dagen samlet alle seg rundt ham. Han håpet at de ikke hadde kjøpt gaver til ham eller noe. Det hadde de ikke.

Det var en god avskjed. Han pakket alle sine personlige ting ned i vesken, og han følte seg veldig lettet da han satte seg inn i bilen igjen.

Som vanlig kom han hjem før Jayne. Han gikk en rask tur rundt kvartalet med Buddy, og så satte han seg igjen ved datamaskinen. Han så på testamentet sitt og vurderte å gjøre noen få endringer.

Jayne var fortsatt den eneste velgjøreren. Han bestemte seg for å testamentere noe til dyrehjemmet der de hadde funnet

Buddy. Det var en god sum - de kunne hjelpe mange herreløse kjæledyr med pengene, og på den måten ville livet hans ha betydd noe.

"Kom her, Bud," sa han. "Du må passe på Jayne nå, ok? Jeg regner med deg."

Buddy hoppet opp og la potene sine på skuldrene hans. De klemte hverandre. Han tørket en tåre fra øynene hans.

Sammen gikk de ut på kjøkkenet. Han fylte opp matskålen til Buddy, hentet kaldt vann fra kranen og fylte vannskålen hans.

Buddy gikk rett til maten, men han fanget ham opp for å gi ham en klem til. Han holdt et hulk tilbake da han gikk inn på soverommet og begynte å pakke en overnattingsbag. Han la bare det aller nødvendigste i den, la passet på skrivebordet og satte seg så ned for å skrive en lapp til Jayne.

Der sto det

Kjære Jayne, jeg elsker deg over alt på jorden, men jeg tror du ville hatt det bedre uten meg. Vær så snill å ta deg av Buddy for meg. Beklager at det må bli slik, men jeg har lovet å gjøre deg lykkelig, og dette er den eneste måten.

XOXO infinity.

Din kjærlige ektemann.

Mens han kjørte langs Princess Highway, tenkte han på de tingene han angret mest på. Han hadde ikke fulgt drømmene sine. Han hadde ikke latt Jayne forfølge sine. I begynnelsen hadde de vært en kraft å regne med. Men nå var ting annerledes. Hun hadde ønsket å reise, å fly, å ta av og dele eventyr sammen, men han hadde alltid holdt seg unna.

Han angret på frykten. Han avskydde seg selv for frykten.

Den fikk ham til å føle seg som en mindre mann. Og så, da han ikke hadde nok svømmere - det var dråpen som fikk begeret til å renne over.

Da begynte han å stille spørsmål ved alt. Hvorfor hadde han blitt plassert på jorden? Hva var hans formål?

Hvordan kunne han gjøre ting annerledes?

Han husket tilbake til i morges, da han hadde kysset Jayne for aller siste gang. Hun visste det selvfølgelig ikke, men det gjorde han. Selv om de ikke hadde gitt ham en måned fri, skulle han ikke tilbake i morgen for noe som helst. Nei, han hadde andre planer. Andre steder å være. Andre ting å gjøre.

For en gangs skyld, på veldig lenge, hadde han et formål.

Da måtte han stoppe bilen og kjøre inn til siden. Han rakk så vidt ut av bilen i tide. Hendene skalv mens han kastet opp. Nerver. Frykt. Sinne. Ydmykelse. Alt sammen kvernet gjennom systemet hans og gjorde ham urolig.

Da han satte seg inn i Lexusen igjen, begynte telefonen å ringe. Det var Jayne. Han trykket på knappen for å få den til å slutte å ringe og sendte samtalen rett til telefonsvareren. Et øyeblikk senere lyste telefonen opp med en beskjed. Han trykket på knappen for å lytte.

"Jeg kom nettopp hjem og fant beskjeden din - jeg forstår ikke. Buddy og jeg forstår ikke." Buddy bjeffet på signal. "Kom hjem, ok? Kom hjem, så kan vi snakke om dette. Snakke om det." Hun snøftet. "Er du der? Hører du hva jeg sier? Hører du etter?" Jaynes stemme ble stille i noen sekunder. Meldingen gikk ut på tid. Hun ringte tilbake igjen. "Jeg vet at du hører etter, du, du - jeg elsker deg. Svar meg!"

Han la på, slo av telefonen og la den i hanskerommet. De ville finne den der - etterpå.

Idet han kjørte bort fra fortauskanten, fikk han hjulene på bilen til å hvine. Han fikk opp turtallet, satte foten i gulvet og kjørte av gårde.

Han kjørte det meste av natten. Han var litt paranoid for at Jayne skulle involvere politiet, men ingenting skjedde. Han håpet at hun ikke ville bli for sint på ham.

Det var ingen vei tilbake.

Dessuten hadde han ikke lyst til det.

Han hadde tross alt oppnådd alt han ønsket - alt han kunne.

***

Da han sto på toppen av fjellet, ristet knærne hans ukontrollert. Han dyttet noen steiner utfor kanten og så på at de tumlet på vei mot bunnen. Han lyttet mens de kom nedover, mens de klikket og krasjet mot steinen. Til slutt hørte han bare et svakt plask, og så ble det endelig stille.

Det var en fantastisk utsikt - De blå fjellene - og nå ga alt han hadde lest om det, perfekt mening. Når man sto helt her oppe, følte man seg liten i størrelse og vekst, men som en del av noe som var større enn en selv. Man følte seg i ett med universet, og på en eller annen måte uredd.

Akkurat da gjorde en gruppe bråkete kakaduer seg til kjenne. De høye, skingrende skrikene fikk ham til å holde seg for ørene.

Du trenger ikke å gjøre dette, sa han til seg selv. Du har ikke noe å bevise for noen. Du kunne snu og dra hjem til Jayne og Buddy, uten at noen ville skjønne noe. Jayne ville forstå hvis du bare forklarte hva som hadde skjedd på kontoret. Hun ville forstå og støtte deg.

Han tenkte over dette et øyeblikk til, mens han betraktet skyene som presset seg over himmelen.

Sannheten var at han ikke kunne leve med seg selv. Med den konstante frykten. Det var for mye til at han kunne legge det til side og dra hjem og late som om det aldri hadde skjedd. Hvis han ga opp nå og vendte tilbake til livet slik det var, ville han ikke kunne se seg selv i speilet. Han ville ikke være en mann lenger, ikke egentlig. Han ville ikke være noe. Livet hans ville ikke bety noe.

"Det er nå eller aldri", sa han.

Og da øyeblikket kom, tenkte han ikke lenger på det.

For første gang i sitt liv hadde han bestemt seg fullt og helt.

Han beveget seg nærmere kanten og lot kroppen falle forover, med hodet først. Det var lett, på grunn av det bratte fallet. Snart seilte skuldre, overkropp og ben nedover i perfekt synkronisering.

Han skrek. Han kunne ikke hjelpe for det. Han knuget øynene hardt sammen og konsentrerte seg mens vinden kastet og rystet ham som en marionett.

Han tvang seg til å åpne øynene, og det var som om han fløy.

Det føltes som om han var vektløs, og det virket som om det var meningen at han skulle være akkurat slik - sveve. Han lo da han sank mot bunnen som en stein.

Det hele var over på noen få minutter.

"Helt rått!" utbrøt han mens han hang opp ned i enden av en strikk.

"Igjen! Igjen!" ropte han da de dro ham inn igjen.

FARVEL

"Fortell meg historien om første gang du møtte pappa", spurte min sju år gamle datter, selv om hun hadde hørt den samme historien mange, mange ganger.

"Er du sikker, vennen?" spurte jeg, vel vitende om hva hun ville svare.

"Vær så snill!" sa hun og så på meg med de store, blå øynene hun hadde arvet fra pappaen sin.

"Den lange eller den forkortede versjonen?" spurte jeg og skjøv en hårlokk ut av øynene hennes.

"Lang!" sa hun og applauderte som om hun aldri ville sovne.

"Hysj," sa jeg. "Hmm, hvor begynte det hele?"

"Farvel," sa pappa," kvekket datteren min.

"Det stemmer, vennen," svarte jeg, og utelot den delen der pappaen hennes dyttet meg mot bildøren.

Jeg grep håndvesken min, stakk armen gjennom stroppen og dyttet den opp med tyngden min mot døren som om jeg var en linebacker. Jeg tok av med den høyre høyhælte skoen først, og det tok ikke lang tid før jeg innså at vi hadde stoppet ved siden av en ankeldyp sølepytt. Før hjernen min rakk å registrere dette for å unngå at venstrefoten min tråkket ned i den, hadde den allerede gjort det. Men jeg skulle ut og vekk, uansett hvilke skader det gjorde på favorittskoene mine.

"Å," sa jeg, nå helt ute av bilen med ryggen til sjåføren.

"Da tråkket du i en sølepytt!" hvinte datteren min.

"Ja, og pappaen din fniste da han svingte unna med bakhjulet og fikk innholdet i sølepytten til å sprute ut over resten av meg. Jeg børstet bort det skitne, kalde, stinkende vannet og viftet det av meg før det satte seg på kjolen min. Med den andre hånden løftet jeg langfingeren i retning av det forlatte kjøretøyet."

Jeg stoppet meg selv, for jeg hadde glemt å redigere bort den biten.

"Hvorfor gjorde du det?" begynte datteren min.

"Glem det," fortsatte jeg, "akkurat i tide til å få et glimt av håndvesken min som hoppet langs siden av bilen. Ack! Den svarte vesken hadde gjort meg lykkelig i ti år, for den passet til alt og i alle situasjoner. Den hadde to funksjoner, den kunne enten bæres over skulderen eller over skulderen og over brystet. Den hadde innebygde rom til alt, inkludert telefonen min."

"Å nei, telefonen din!" utbrøt hun.

"Ja," sa jeg og smilte. "Hvordan skulle jeg noen gang komme meg ut av denne knipen? Og enda viktigere, du lurer nok på hvordan jeg havnet i denne situasjonen. Det skal jeg komme tilbake til om et øyeblikk, men først må jeg vurdere situasjonen. Gjøre opp status og ta kontroll. Først tømte jeg vannet ut av skoene mine da jeg gikk av veien, gjennom det duggvåte gresset og ut på fortauet. Jeg tok på meg skoene igjen, våte som de var, og valgte det våte framfor eventuelle skumle nattkryp som kunne ligge på lur, og gikk bort til nærmeste gatelykt.

"Nå, med hendene på hoftene i Wonder Woman-stilling, begynte jeg å legge en plan for hvordan jeg skulle komme meg ut av knipen jeg hadde havnet i."

"Det var et fint nabolag," sa hun.

"Med velstelte plener og ikke et ugress eller kjøretøy i sikte - alle var trygt gjemt bort i dobbelt- eller trippelgarasjene sine. Hyggelige hus, med hyggelige mennesker. Ikke sant? Så jeg bestemte meg straks for å velge et hus, banke på ytterdøren og be om hjelp. Jeg valgte huset med lykkenummer sju og gikk mot det. På veien..."

"Du syntes synd på deg selv, mamma."

"Ja, det gjorde jeg. Jeg fortjente ikke å være strandet midt ute i ukjent terreng, sent på kvelden, våt, stinkende og uten penger. Da jeg nærmet meg den utvalgte, nummer sju, hørtes et sus i luften, etterfulgt av en automatisk sprinkler som svingte seg frem. Jeg løp ikke først, jeg var allerede våt, men da vannstrålen vendte seg mot meg, løp jeg skrikende bort. Nå var ansiktet mitt vått av tårer jeg ikke hadde grått da jeg gikk over på plenen til huset jeg håpet ville redde meg. Nummer sju."

"Du skal aldri snakke med fremmede, mamma," sa datteren min.

"Det stemmer, vennen, men jeg var i trøbbel og våt og uten telefon. Du har alltid telefonen din, og numrene til pappa og bestemor og tante Lil står i den."

"Og jeg kan nummeret ditt, pappas og bestemors i hodet mitt."

"Det stemmer, vennen. Så, tilbake til historien. Blir du ikke litt trøtt ennå?"

"Nei, jeg venter fortsatt på det beste!"

Jeg fortsatte: "Nå som jeg var her, lurte jeg på hva klokken var. Og jeg lurte på om det var noen hjemme. Og jeg lurte på om de ville hjelpe meg hvis de var hjemme. Jeg var våt og skitten, og jeg hadde ingen legitimasjon. Selvtilliten min ble stadig mindre da jeg snudde meg og lente meg mot ringeklokken som ga gjenklang fra øverst til nederst i huset, mens lysene blafret av og på. Og jeg løp. Tilbake mot der jeg hadde blitt satt av. Kjent territorium, så å si. Jeg ville gå til en butikk på hjørnet der de hadde en telefon jeg kunne bruke, og jeg kunne ringe etter hjelp og sende dem pengene for samtalen. Ja, det var det jeg hadde tenkt å gjøre helt til en bil rullet opp ved siden av meg, og jeg kjente igjen et vennlig ansikt i den. Jeg var virkelig og i sannhet reddet!"

"Det var tante Lil!" ropte datteren min, og hun hadde selvfølgelig rett.

***

"Da jeg satt i bilen sammen med Lil, husket jeg min ulykkelige kjærlighet til Jasper Winters. Jeg hadde sett ham på lang avstand, det blonde, bølgende håret, de blå øynene, nesen med fregner over hele. Han var så søt, så omtenksom. Han var alltid sammen med en eller annen jente, og vennene mine sa til meg at min besettelse av ham nærmet seg stalkerstadiet. Derfor gikk jeg med på å gå imot det eneste jeg alltid hadde nektet å gjøre - å gå ut med en totalt fremmed på blind date. Ja, det var med den samme fyren som nå holdt håndvesken min som gissel. Han het Adam Trent."

"Pappaen min!" kvekket hun. "Det er det beste av alt."

Jeg smilte.

"Vi hadde møttes for første gang tidligere i dag, i mathallen på kjøpesenteret. Vi hadde blitt enige om møtestedet, og det var på et offentlig sted. Et sted der vi kunne prate med mye bevegelse rundt oss. Denne settingen ville fjerne presset. Det ville gjøre tomrommene der ingen av oss hadde noe å se, mindre tåpelige. Er det i det hele tatt et ord? Jeg vet ikke, men du skjønner hva jeg mener. Gjennom vår felles venn ble vi enige om at det var en mulighet for oss til å bli kjent med hverandre ansikt til ansikt. Hvis vi fant tonen, ble vi på forhånd enige om å avtale neste møte, som enten ville inkludere en kino eller en middag. Neste skritt skulle bare tas hvis vi begge følte en forbindelse. Ellers var vi begge enige om at det var hasta la vista, baby! Adios og god avskjed! Hadde jeg bare visst det jeg vet nå! Da ville jeg ikke vært i denne situasjonen. Men som ordtaket sier, etterpåklokskap er 20/20. Da jeg først fikk øye på ham på den andre siden av Food Court, var han ikke en fyr som skilte seg ut i mengden. Det likte jeg med en gang, at han passet inn i mengden som meg, og da jeg sa navnet hans, Adam Trent, passet det til ham, og jeg slappet straks av."

"Kjærlighet ved første blikk", utbrøt datteren min.

"Det var det," sa jeg. "Etter at vi hadde presentert oss for hverandre og dyttet albuene mot hverandre siden vi begge hadde på oss de obligatoriske maskene, spurte han hva jeg ville ha å drikke, og så gikk han for å hente kaffen. Han bestilte riktig, fløte og én sukkerbit, noe som viste meg at han var en god lytter, og jeg følte meg håpefull. Mens vi satt og drakk kaffe, pratet vi med en følelse av fortrolighet, som om vi var mer enn bekjente, nærmere venner. Han lo, men ikke for høyt. Jeg hatet folk som lo så høyt at de trakk oppmerksomheten til seg. Adam var ikke slik. Han var omtenksom, snill, forståelsesfull, og det føltes normalt å snakke med ham. Eller skal jeg si som den nye normalen, siden vi pratet fritt mens vi hadde på oss beskyttelsesmaskene våre. Likevel tror jeg ikke jeg tok feil når jeg tenkte at hvis noen observerte oss, ville det være tydelig for dem at vi følte oss komfortable i hverandres selskap. Vi gikk lett fra det ene til det andre i samtalen, og snart fortalte han meg at han skulle begynne på universitetet til høsten. Jeg fortalte ham litt klønete at jeg skulle ta et friår. Jeg fortalte ham ikke detaljene, at jeg måtte tjene penger før jeg kunne komme tilbake. Det var for mye informasjon, og ikke noe han trengte å vite om meg. Jeg fortalte ham heller ikke at jeg hadde vunnet et stipend for å studere klassisk engelsk litteratur."

"Jeg håper å ta hovedfag i litteratur fra det tjuende århundre," avslørte han.

"Jøss!" utbrøt jeg, "Jeg vil ta hovedfag i klassisk engelsk litteratur!"

"Med denne felles forkjærligheten for litteratur er det lett å finne en forbindelse mellom oss, ikke sant? Vi ville ha en bro fra et litteraturland til et annet. Han ville oppdage mine favorittforfattere, og jeg ville oppdage hans, og vi ville leve lykkelig i alle våre dager. Det var det en del av meg tenkte. Med den andre hørte jeg på mens han lovpriste sin gudelignende favorittforfatter i verden - Kurt Vonnegut. Han fortsatte å lovprise og lovprise alt ved sitt valg av tidenes største roman - Slaktehus fem."

"Helt til han gikk for langt," refset datteren min.

"Ja, altfor langt. Faktisk så langt ut på viddene at jeg ikke hadde noe annet valg enn å forsvare de virkelige mesterne, som Shakespeare, Dickens og Twain, hvis forfatterskap har stått seg gjennom tidene. Etter at ansiktet hans hadde fått tilbake sin normale farge, slengte han noen Vonnegut-ismer inn i samtalen, som for eksempel: "Det er bare i bøker vi får vite hva som egentlig foregår."

"Det var en kamp om bøkene!" sa datteren min.

"Ja, og vår første krangel. "Snakk om å si det åpenbare!", sa jeg, før jeg svarte med Mark Twains: "Det er bedre å holde munnen lukket og la folk tro at du er en idiot, enn å åpne den og fjerne all tvil." Jeg hadde lest et sted at Twain var en av Vonneguts favorittforfattere. Det var i hvert fall en god ting med ham.

"Han reiste seg, strakte seg over bordet og kysset meg lenge og hardt fra maske til maske. Midt i kafeteriaen. Det var som svar på at jeg hadde grepet hånden hans da han sa at Vonnegut var vår tids Shakespeare. Han hadde sagt det med en slik overbevisning, fra hjertet og sjelen, at han nesten fikk meg til å tro at det var sant."

"Dem du kysset! Æsj!" sa hun og holdt seg for ansiktet.

"Selv om kysset kom brått og uventet, hadde det vært varmt, selv om vi hadde masker mellom oss. Vi hadde ikke lagt merke til at de andre i kafeteriaen stirret på oss - vi lot det pågå for lenge. Etter at vi hadde skilt lag, satte vi oss ned igjen og brøt ut i latter. Vi bestemte oss umiddelbart for å se en film på kjøpesenteret. På vei til kinoen avtok forbindelsen. Hvis vi likte de samme filmene, kunne vi gjenopplive den? Da ville ikke alt være tapt? Vi snakket om filmene han likte, og ble enige om at Tom Cruises nyeste film ville passe oss begge - men den hadde allerede begynt, så det ble ikke noe av. Vi kunne ikke bli enige om noen annen film.

"La oss bare få oss noe å spise," foreslo han.

"Da var klokken nesten ti, og jeg var også skrubbsulten. Vi hadde bare drukket kaffe, og det var lenge siden, og vi hadde kjent lukten av popkorn en god stund."

"Det er greit for meg," sa jeg.

"På kjøpesenteret, eller ute?" spurte han.

"Jeg sa at vi burde få oss litt frisk luft, så vi gikk ut av kjøpesenteret og inn i parkeringshuset. Vi vandret rundt i over tretti minutter før han fortalte meg at han ikke husket hvor han hadde parkert.

"Så tok du av deg skoene."

"Vonnegut sa: 'Vi er det vi utgir oss for å være, så vi må være forsiktige med hva vi utgir oss for å være.'" Han tok en pause. "Du er ikke særlig ladylike, er du vel?"

"Er du en mann?" spurte jeg og siterte Lady Macbeth. Jeg fikk umiddelbart dårlig samvittighet for akkurat det sitatet og skiftet straks tema: "Hva med kortet? Du vet, der du betaler? Står det ikke hvilket nivå du parkerte på?"

"Jeg vet at jeg parkerte på DENNE etasjen", sa han og fortsatte å trykke på knappen på nøkkelknippet og lytte etter svar som en fugl som roper etter partneren sin. Da bilen og nøkkelknippet endelig fant hverandre, var klokken nærmere 23.00.

"Nå som jeg satt i bilen, med stiger oppover begge beina og svarte fotsåler, trakk jeg pusten dypt og prøvde å slappe av. Mat ville definitivt hjelpe på humøret mitt, og forhåpentligvis også hans. Det var ikke for sent for oss å begynne på nytt. Vi hadde kommet så godt overens helt frem til det litterære sammenstøtet. Bilbeltene var festet, han satte foten i gulvet, og vi kjørte av gårde, rundt parkeringsplassen og ut på gaten. Vi kjørte rundt en god stund og hørte på countrymusikk. Han sang med, mens jeg kjempet mot trangen til å si: "Jippie ki-yay!"

"Hva slags mat liker du?" "Hva slags mat liker du?" spurte han etter at vi hadde hørt det siste forslaget til tacosjappe på radioen."

"Jeg er ikke sulten lenger", svarte jeg, og tenkte at han, med tanke på at forslaget kom så beleilig, ville ta meg med på tacosjappe. Jeg hatet tacos. Hvordan kunne det å spise en taco, med kjøtt og greier som falt ned overalt, passe inn i hans damelignende kriterier? Jeg ville ikke vite det. Mest av trass sa jeg: "Shakespeare er litteraturens konge, og Vonnegut er bare en narr i sammenligning."

"Så bremset pappa."

"Vi var det eneste kjøretøyet ute i forstaden - midt i ingenmannsland, og det er historien om hvordan pappa og jeg møttes første gang," sa jeg, reiste meg og puttet datteren min. Hun strakk seg, gjespet, og et øyeblikk senere sov hun godt. Jeg lukket døren på vei ut og gikk til rommet vårt.

BARE TYVE

DA TANTE GIN DØDE, ble bare tjue gjester utenfor familieboblen vår bedt om å delta i begravelsen. Antallet var begrenset på grunn av pandemien. Sosial distansering og masker var obligatorisk gjennom hele dagen. Det gjaldt både under begravelsen, bisettelsen og måltidet.

Siden tante Gin visste at hun nærmet seg slutten av sitt liv, valgte hun personlig ut de tjue gjestene før hun forlot denne gale verden.

Som familietradisjonen var, ønsket hun fortsatt en åpen kiste. Men med et nytt ønske. Hun ville også ha på seg en maske. Tante Gin hadde alltid hatt en merkelig sans for humor.

"Hvordan i helvete skal jeg kunne holde en passende minnetale? En min søster fortjener ... når jeg har på meg en av de dumme maskene!" spurte Gins yngre bror Marvin.

Overfor Marvin satt hans andre fetter Frank. Han puffet på sigaretten sin, dypt i tankene, før han svarte.

"De har en mikrofon, og det er nok."

Tante Gins yndlingsniese Mary, som sto på kjøkkenet og forberedte te, ropte.

"Mikrofonen kan justeres, jeg mener til høyden din. Så du kan sørge for at munnen din," hun tørket hendene på forkleet og gikk trett av å rope inn i stuen. Hun stoppet midt i en setning og innså at hun hadde glemt å ta med teen, og trakk seg raskt tilbake. Hun kom tilbake med et overfylt brett som skranglet for hvert skritt hun tok.

Frank og Marvin stirret fortsatt i hennes retning med åpne munner og ventet på at hun skulle fullføre setningen.

"Er plassert rett foran den," sa hun som om det ikke hadde gått noen tid mellom det første og det siste hun sa. Nå som hun hadde sagt det, innså hun at bare vekten av brettet fikk armene hennes til å skjelve. Hun bøyde seg ned og senket det forsiktig ned på glassbordet. "Takk for hjelpen", la hun til med et sarkastisk tonefall mens hun satte seg på huk og gjorde seg klar til å skjenke.

Marvin og Frank rørte ikke en finger. Noe som var normalt for de to. En kvinne gjorde kvinnelige ting, og en mann gjorde mannlige ting.

Hun fylte gryten og åpnet den nye pakken med sjokoladekjeks som hun hadde spart på til selskapet. Hun og tante Gin hadde alltid en eske med favorittkjeksene sine i skapet - men de rørte dem aldri. Begge visste at de ville spise opp hele pakken hvis de åpnet den - så de tok den bare frem når de fikk selskap.

Den unge kvinnen og tante Gin hadde alltid vært rampete og i ledtog med hverandre. Hun husket at tanten var nøye med presentasjonen, og spredte kjeksene utover tallerkenen. Hun lurte på om tante Gin så på fra oven. Hun sukket, og følte allerede nå at en del av henne selv manglet.

Marvin var ikke fullt engasjert. I stedet stirret han ut av vinduet og vurderte om han måtte bruke maske. Frank puffet på en ny sigarett som han hadde tent umiddelbart etter at den andre hadde brent ut.

Marvin, som endelig la merke til niesens mesterverk, spurte: "Hva i all verden gjør du der nede?"

"Jeg lager te og kjeks", sa Mary, rørte i kjelen, lukket lokket og ga det et svisj for å få fart på det.

"Så finn deg en stol eller noe. Ikke sitt på huk som en..."

"Huk," sa Frank og lo av vitsen sin, siden ingen andre gjorde det.

"Glem det, det er klart nå," sa Mary. Hun fylte de tomme koppene med den gylne, dampende væsken. Så tilsatte hun en skvett melk og de vanlige sukkermengdene. Selv tok hun ikke sukker. "Vil du ha en sjokoladekjeks? Det var tante Gins favoritter."

"Det ville være synd å ødelegge det snirklete designet ditt," sa Marvin og strakte ut hånden og gjorde akkurat det.

"Ikke for meg," sa Frank. "Kjeks og sigaretter går ikke sammen."

Mary serverte Marvin koppen med te først, siden han var eldst. Deretter plasserte hun Franks kopp på en underkop ved siden av stolen hans, siden han var opptatt med noe annet. Det vil si å tenne en sigarett til. Hun grøsset da han la stumpen av den gamle på tante Gins fine porselensfat.

"Takk," kurret begge to.

Mary festet kjeksmønsteret på nytt og kikket oppover. Så tok hun forsiktig en fra hver ende og krysset rommet mens hun forsøkte å unngå å søle den overfylte tekoppen mens hun gikk mot den toseters sofaen. Hun hadde unngått å sette seg der nå som tante Gin ikke satt ved siden av henne. En del av henne følte det som om balansen i universet var forstyrret uten Gin.

Før tante Gins dager var talte, spiste hun og Mary som regel middag på brett foran fjernsynet i den toseters sofaen mens de så på Coronation Street. Mary hadde tatt opp programmet siden da, og ventet på at Gins ånd skulle nå dit den skulle, slik at de kunne se programmet sammen som de alltid gjorde.

Det var før onkel Marvin og fetter Frank flyttet inn. Før pandemien gjorde at slektninger på lang avstand trengte et annet sted å bo. Nå dannet de sin egen sosiale boble, det vil si at de ikke trengte å bruke masker i hverandres nærhet. Men om noen timer måtte de ta på seg de fryktede maskene til begravelsen - ingen ville være den som smittet eller den som ble smittet.

"Det jeg gjerne vil vite, er hvorfor Gin skal ha på seg maske. Det er det første," sa Marvin. "For det andre, hvorfor hun inviterte de slektningene hun gjorde. Noen av dem har jo ikke hatt kontakt med henne eller noen av oss på over tjue år. Gudene skal vite at Gin prøvde å holde familien samlet i tider da det burde ha vært en selvfølge å holde sammen."

"Masker er obligatorisk for alle, og Gin ville være inkluderende. Og ja, tante Gin var alltid den som tenkte det beste om alle," sa Mary.

"Selv når det ikke var berettiget," sa Frank, tente en sigarett til og la til: "Dette fatet begynner å bli ganske fullt."

Mary satte tekoppen på bordet, tok fatet og kastet det i søpla på kjøkkenet. Hun fant et oppfliset fat bakerst i skapet - tante Gin tillot ikke røyking i huset og hadde derfor ingen askebegre - og plasserte det på bordet ved siden av Franks tekopp og fat. Han nikket.

"Vil noen av dere ha påfyll siden jeg er våken?" spurte hun.

Marvin holdt frem den tomme koppen sin også. "Og en kjeks til hadde passet meg fint."

Mary tok to kjeks, en fra hver ende av designet, og plasserte dem på fatet sammen med en teskje, før hun helte i te, sukker og melk. "Jeg takker," sa Marvin og blåste på teen før han tok en slurk.

Frank takket nei til mer te med en håndbevegelse. "Ingen av oss tok kontakt med de drittsekkene fordi vi ikke tålte dem. Det kunne ikke Gin heller - trodde jeg i hvert fall."

Marvin dyppet en kjeks i teen, og den smuldret opp og gikk i stykker. Han brukte teskjeen til å ta den opp igjen og sugde i seg den bløte kjeksen før den løste seg opp i ingenting.

"Disse kjeksene er ikke egnet til å dyppe i te," sa Mary og smilte.

"Nå sier hun det," sa Marvin.

"Skal jeg hente en kopp og et fat til?"

"Nei, du blir der du er. Du har løpt rundt og tatt deg av oss som om du var vår ansatte. Jeg skal klare meg, men takk for at du spør."

Mary smilte og bet i kjeksen sin. Hun nøt den mens sjokoladen smeltet på tungen.

De tre satt stille og fiklet med tekoppene, kjeksene og sigarettene sine, helt til Mary brøt stillheten.

"Tante Gin hadde dårlig samvittighet fordi hun hadde mistet kontakten med folk. Det tynget henne, og selv om de tjue gjestene - selv når hun kontaktet dem - ikke ringte tilbake eller svarte på brev, avskrev hun dem aldri. Faktisk ba hun for dem hver kveld før hun sovnet."

Broren var fascinert og forvirret. "Gin ba for grandonkel Dave, som praktisk talt drepte henne da hun bodde hos dem som barn i sommerferien? Det er en enorm ting for henne å tilgi. Hun har vel blitt bløt på sine gamle dager."

Mary sto med hendene på hoftene: "Tante Gin var mange ting, men én ting var hun ikke, og det var å være blaut. Hun ville ha sparket dem i ræva hvis de hadde dukket opp uanmeldt før hun ble syk - du vet at hun hatet når folk dukket opp uten invitasjon - men hun ønsket å gjøre opp for seg, tilgi og glemme." Ordene satte seg fast i halsen, og det samme gjorde den siste kjeksen hun nettopp hadde spist.

Frank reiste seg, krysset rommet og ga henne et hardt slag på ryggen. En delvis oppspist kjeks fløy ut i rommet og landet i Marvins tekopp med et plask.

"Vet du ikke at du skal tygge før du svelger?" sa Marvin og satte teen tilbake på brettet med et ekkelt blikk.

"Jeg er så lei for det," sa Mary, samlet sammen alt og tok det med seg ut på kjøkkenet.

***

Mary skyllet koppene og satte alt i oppvaskmaskinen, så gikk hun opp for å gå på toalettet og rydde opp i ansiktet. Hun hadde grått og ville ikke at noen skulle få vite det. På vei ned trappen hørte hun stemmer som hevet seg. Hun kom seg raskt ned.

"Jeg elsket søsteren min mer enn noen annen i hele verden!" sa Marvin. "Men jeg skjønner ikke hvorfor det skulle være et problem for deg at hun ba meg om å holde minnetalen!"

"Så, så," sa Mary.

"Jeg ville bare ha vært bedre til det," sa Frank. "Jeg har blitt spurt før, og jeg ville vært mindre emosjonell og mindre dømmende."

"Hvorfor du!" sa Marvin, løftet de knyttede nevene i været og viftet med dem som om han imiterte en bokser fra gamle dager.

Frank krysset rommet, også han med hevet neve. Det var som en geriatrisk, kaukasisk versjon av Ali vs. Foreman.

De to sto tå mot tå, øye mot øye, helt til Mary begynte å jamre tante Gins favorittmelodi: "Hysj, lille baby, ikke si et ord, pappa skal kjøpe en spottefugl til deg."

Marvins øyne ble fylt av tårer, og han slapp knyttnevene og senket seg ned i en stol.

Frank sto som forstenet og mumlet ordene til resten av sangen mens Mary sang dem. Da hun var ferdig med å synge, gikk han tvers gjennom rommet, til et bilde av tante Gin i en ramme som smilte mot ham. Også han brast i gråt.

"Så, så, så," sa Mary. "Det er nesten på tide å gå, og her krangler vi."

"Hun har rett," sa Frank. "Dessuten trenger vi en samlet front når de udugelige gribbene dukker opp."

"Hvis de da ikke smitter oss - vi er midt i en pandemi, vet de ikke det?"

"Cateringfirmaet vil ta hensyn til det. Mens vi er i begravelsesbyrået og på kirkegården, vil de sette opp alt her for å overholde retningslinjene for sosial distansering for å holde alle trygge."

"Men de ignorantene må fortsatt ta av seg maskene for å spise maten og drikke alkoholen - og vi kommer til å trenge mye av det siste."

"Det er synd og skam," svarte Mary. "Det er tante Gin som har ordnet og betalt for alt sammen." Hun hadde fått nok av dem og trakk seg tilbake til rommet sitt for å kle på seg det svarte antrekket hun hadde valgt. Mennene var allerede i sine svarte dresser og klare til å dra.

"Jeg regner med at de kommer til å bruke plastkniver, plastgafler og papptallerkener", sa Frank. "Og de kommer til å ha flasker med hånddesinfeksjonsmiddel i hele huset og hagen. Våre slektninger må komme inn for å bruke fasilitetene, men det meste av arrangementet kommer til å foregå ute i hagen."

"Synd at Gin har fjernet fasilitetene ute," sa Marvin.

Mary ropte ned fra overetasjen: "Jeg glemte å si at de kommer til å male merker på gresset og/eller sette opp skilt der folk skal stå. Og når det gjelder fasilitetene, så har vi leid inn en av de bærbare toalettene. Siden det bare er tjue av dem og tre av oss, burde det være god plass til alle, og køen burde ikke bli så lang."

"Du har virkelig tenkt gjennom dette!" ropte Marvin. "Vi tre kan snike oss inn igjen og bruke innendørsfasilitetene på Q.T."

Mary dukket opp på toppen av trappen, klar til å gå. "Takk skal du ha. Jeg har hatt god tid til å tenke på det, og jeg ville at alt skulle være helt riktig for tante Gin. Hun og jeg har snakket om alt, ned til minste detalj. Hun ville fjerne byrden med at jeg skulle prøve å gjøre alt alene mens jeg sørget over tapet hennes."

Marvin strøk seg over hårene på haken. "Hadde det ikke vært for denne fordømte pandemien, ville hun ha ønsket seg mer. Hun ville ha bedt om en vanlig låvebrenning - eller en likvake - for å feire livet hennes. Det er det hun fortjener!"

Frank sa: "Det skal hun få - og vi skal gi henne den beste noensinne - etter at denne pandemien er over. Vi inviterer de andre slektningene - de vi liker - og kanskje til og med noen lokale kjendiser. Alle elsket Gin. Vi skal sende henne ut på den måten hun fortjener! Men inntil videre må vi gjøre det beste ut av situasjonen."

Mary gikk gjennom rommet, vurderte å sette seg - men kjolen ville bli krøllete, så hun gikk tilbake til kjøkkenet for å brette papirservietter. Hun hadde tilbudt seg å brette så mange hun kunne før cateringfirmaet kom, for hun visste at hun ville trenge noe å holde seg opptatt med. Hun tenkte på alt tante Gin hadde bedt om skulle skje på dagen. Hun ville at Marvin skulle utbringe en skål for henne, etter at alle hadde fått litt mat. Hun hadde til og med skrevet ned hvilke retter hun ville ha servert, og hun hadde valgt hvem som skulle tilberede dem. Ja, tante Gin hadde tenkt på alt. Hevede stemmer i stuen trakk henne tilbake dit.

"Gin sa at jeg skulle få brorparten av virksomheten, det var derfor hun gjorde meg til testamentfullbyrder," sa Marvin.

"Hun sa at jeg kunne beholde huset," sa Mary. "Det er mitt hjem også - jeg har bodd her sammen med tante Gin det meste av livet."

"Det er det ingen som bestrider," sa Frank. "Du har gitt opp alt for å være her og hjelpe Gin når ingen andre kunne gjøre det. Du kunne jo ha giftet deg og fått barn, men du valgte familien fremfor deg selv. Det var det minste hun kunne gjøre, å overlate huset til deg."

Marvin nikket. For en gangs skyld var de to enige om noe.

"Jeg sa til Gin at jeg ikke ville ha eller trengte noe fra henne," sa Frank.

"Da får vi håpe at hun ignorerte deg," sa Marvin og lo da han så at de to endelig var i godt humør,

Mary gikk tilbake til kjøkkenet for å brette ferdig serviettene før de måtte dra til begravelsesbyrået.

Selv om serviettene var laget av papir, var de delikate og myke. Den himmelblå fargen med en rosa strek i venstre hjørne hadde også vært tante Gins valg. Etter hvert som Mary fortsatte å brette, gikk det automatisk, så hun så ut på hagen og lot fingrene gjøre jobben.

Blikket hennes vandret mot de nyplantede blomstene under det gigantiske eiketreet. Åndedräkten og rosene var i ferd med å bli ferdige nå, men fargene var fortsatt levende, og de beveget seg rundt som gamle venner som danset når vinden blåste forbi.

Da hun brettet den siste servietten, strøk høyre hånd henne over magen. Det gjorde hun av og til, selv om hun ikke hadde vært med barn på mange år. Lengselen forsvant aldri. Tante Gin hadde aldri fortalt det til noen. Mary hadde heller ikke gjort det - ikke engang faren.

Og der, begravet under blomstene, i skyggen av den massive eika, lå hennes barns evige hvilested. Hennes lille jente hadde ikke overlevd mer enn noen få minutter i denne verden.

Snart ville slektningene komme, og de ville alle samles i det hjemmet som nå var hennes - og de ville feire tante Gins liv.

Så ville Mary, som de andre, ta på seg masken, og hun ville isolere seg til det stedet under treet der hun aldri ville føle seg alene. Der hun visste at tante Gin ville stå ved hennes side og holde Marys lille jente i armene sine.

Trioen, tante Gin, Mary og babyen ville være tause vitner, mens resten av familien rev hverandre i stykker.

PANDEMIC BOY

"SE, NÅ KOMMER HAN igjen - det er Pandemic Boy," ropte den høye og lange, ti år gamle, blonde gutten.

Vennen hans var ikke så høy, slank eller blond - han var rødhåret og lo før han sa sitt. "Hvor er kappen din, gutt? Vet du ikke at ALLE superhelter har kapper?"

Gutten de hadde kalt Pandemic Boy, var yngre enn de to andre, men bak masken var han fryktløs.

"Ikke Spiderman," svarte han med et glis.

Selv om han var yngre og mindre i størrelse og vekst, ikke i centimeter, men i føtter, spurte han med hendene på hoftene - og lignet mer på Supermann: "Og hvor er maskene deres?"

Dette var ikke den såkalte Pandemic Boy's første konfrontasjon i pandemitiden. Tidligere hadde han brukt Supermanns holdning med armene i kors for å få kontroll over situasjonen. Det så ut til å fungere godt for både barn og voksne. Det hjalp også å vite at han hadde loven på sin side.

"Vi er ikke medløpere", sa den blonde gutten, skjermet øynene mot solen med venstre hånd og snudde ryggen til gutten slik at han og vennen nå sto ansikt til ansikt. Han mumlet ordene: "La oss ta av ham masken."

Den rødhårede gutten vurderte dette, og dyttet tåen på joggeskoen ned i bakken mens han tenkte at de allerede var to ganger flere enn Pandemic Boy. Dessuten var han en liten gutt - selv om han var stor i kjeften og på en måte ba om det. Men han var ingen bølle, og han ville ikke bli en. Han konsentrerte seg, laget en sirkel i jorda foran seg og klappet på jeanslommen. "Min er her."

"Bevis det", forlangte Pandemic Boy.

Den blonde gutten kastet et blikk over skulderen på den mindre gutten og snudde seg raskt. Med knyttede never gikk han frem mot den yngre gutten. Han banket fingeren mot ansiktet til den maskerte gutten og sa: "Hvem tror du at du er, gutt?" Hvert ord fortjente sitt eget slag på Pandemic Boys maskerte hake, og med høyde- og masseforskjellen måtte den yngre gutten plante føttene godt på plass.

"Jeg skal ta på meg masken", sa den rødhårede gutten.

Den såkalte Pandemic Boy sa ingenting, men nikket anerkjennende, mens vennen hans, den blonde gutten, kikket ham over skulderen og sendte ham et ondt blikk.

Alle tre holdt stand.

***

Noen dager står tiden stille. Som om alle fuglene glemte å fly og alle klokkene glemte å tikke. Dette var ikke en slik dag, og etter hvert som tiden gikk, kom flere barn ut fra hvor de enn hadde vært for å se hva som foregikk. De samlet seg rundt dem, pratet, hvisket og prøvde å finne ut hva som måtte ha skjedd for at de tre guttene skulle stå stille så lenge.

"Jeg kikket ut av soveromsvinduet mitt", sa en av guttene, "og så den lille maskerte gutten bli truet av den blonde gutten som var mye høyere og eldre. Så så jeg at de var to, og jeg måtte komme ut, spesielt da den store gutten kom inn og prikket den lille gutten på brystet", sier han og tar på sin egen maske som en voksen ville gjort med skjegg.

"Jeg løp bort dit," sa en liten jente, "og så hele greia. Gutten med masken ba om det - han nærmet seg to større, eldre gutter. Jeg er overrasket over at de to ikke slo ham." Så henvendte hun seg til den såkalte Pandemic Boy: "Hei, gutt, hvorfor stikker du ikke av mens du kan? Før de to eldre guttene banker dritten ut av deg?"

Trioen i midten av folkemengden sto stille som statuer. De lyttet til kommentarene fra de andre ungdommene, som var i ferd med å danne en flokk, og det gjorde ikke de. På dette stadiet var det ingen som visste sikkert.

Tiden gikk, og de maskerte barna tok parti for den såkalte Pandemic Boy, mens de umaskerte barna tok parti for de to andre. Flokken av barn flyttet på seg og delte seg i to, slik at de dannet to forskjellige sider. Alle var klare til å handle - hvis og når det brøt ut en slåsskamp.

Timene gikk uten at noen rørte på seg. Ikke engang da mødre og fedre begynte å kalle barna hjem til kveldsmat. Heller ikke da foreldre, besteforeldre og søsken begynte å kalle barna inn til sengs. Ikke engang da solen ble erstattet av månen og stjernene.

***

Til slutt sa Pandemic Boy: "Jeg går hjem nå." Og til den større, blonde gutten, han som fortsatt var oppe i ansiktet hans, sa han: "Neste gang vi ses, må du ta med deg masken din, ok? Dette er en pandemi, mann, og..."

"Ok, ok," sa den større gutten og trakk seg tilbake. "Og neste gang jeg ser deg, må du ha på deg en kappe." Han gliste.

"Noen fargepreferanser?" spurte den yngre gutten med et smil.

Vennen hans, den rødhårede gutten som nå hadde maske, sa: "Det kommer an på om du er Batman-, Robin- eller Supermann-fan. Jeg? Jeg ville gått i svart."

"Samme her," sa den yngre gutten.

De gikk alle sammen hjem.

DE BESØKENDE

"VENT LITT", SA HUN, før hun åpnet ytterdøren.

Hun hadde vært inne i nesten tretti dager - i karantene. Bare det å gå ut nå føltes risikabelt, selv om hun bare hadde vært i karantene for å beskytte dem hun var glad i - og andre hun ikke engang kjente. Hun justerte masken, trakk pusten dypt og åpnet døren.

En velkomstkomité ventet på henne, og hun følte seg omtrent som dronning Elizabeth må ha følt seg da hun trådte ut på balkongen på Buckingham Palace. Selv om det lille, men komfortable hjemmet hennes med to soverom ikke hadde samme glitter og glamour som et palass. I et sekund eller to tenkte hun på å vinke til dem, men ombestemte seg til slutt da de begynte å applaudere.

Forlegen, selv om en maske dekket det meste av ansiktet, så hun opp mot solen som sto høyt på himmelen, og kjente varmen fra strålene. Det føltes godt å puste inn ny, frisk luft - selv om masken hindret henne i å puste dypt inn. En sang av John Denver begynte å spille i tankene hennes. Hun nynnet nonchalant med.

Applausen hadde tatt slutt uten at hun hadde merket det, og der sto hun som sild i tønne mens alle og enhver ventet på at hun skulle si eller gjøre noe. Mange tårefylte øyne, alle kikket på henne over sine egne masker. Ingen masker var like. Hun skannet gjestene og siktet seg inn på øynene hvis eiere hun trodde hun kjente igjen. I tankene lekte hun "Hvem er hvem under hvilken maske?".

Én person i mengden var det ingen tvil om hvem hun var, på grunn av størrelsen og staturen hennes. Det var barnebarnet Emily. De grønne øynene, de samme som hennes egne, skilte seg ut da de så tilbake på henne over den lilla masken. Emilys yndlingsfarge skiftet ofte, men hun var glad for å se at den ikke hadde forandret seg de siste tretti dagene. Hun hadde imidlertid blitt høyere. Emily vinket og sa: "Hei, bestemor."

"Hei, min kjære Emily," sa kvinnen og smilte med leppene under masken og med øynene over den.

Kvinnen nølte, så panorerte hun publikum fra venstre til høyre og nikket mens hun hilste på hver enkelt av dem.

Først var det Brandon. Han var en stor hockeyfan, og masken hans hadde et Toronto Maple Leaf på seg. "Heia Maple Leafs!" sa han. Hun ga ham tommelen opp. Noen hadde i det minste fortsatt håp om at de skulle vinne Stanley Cup igjen.

Ved siden av Brandon sto moren til kona Emily. På masken hennes stod det "I heart Jamie Oliver". Hun smilte og lurte på om interessen hennes for Oliver kunne hjelpe henne til å lage en skikkelig roastbiff en dag. Hun tok seg selv i å tenke på dette, og skamfull gikk hun videre.

Den neste var herr Bob Moody. Han var en nabo, en gretten gammel gubbe som hun ikke ante hvorfor han hadde følt behov for å bli med iført bygningsarbeidermaske. Han vinket, med en fortrolighet hun syntes var merkelig, men hun vinket tilbake for å være høflig.

Hun kjedet seg nå med å finne ut hvem som var hvem, og resten av dem ble til en tåke mens hun ventet på at noen skulle gjøre noe eller gi henne beskjed om hva de forventet at hun skulle gjøre. Skulle hun holde en tale? Nei, det ville være dumt. Det hadde bare vært tretti dagers karantene. Hun kunne ikke gi dem en klem. Eller komme nærmere dem enn hun allerede var.

Hun hadde en fryktelig følelse av at noen ville at hun skulle holde en tale, og hun lurte på hvordan hun skulle holde en tale som ville bli hørt og forstått gjennom den tykke bomullsmasken. Så tenkte hun på politikere på tv, som statsministeren. Når han skulle tale, tok han alltid av seg masken, sa det han skulle si, og så tok han den på igjen. Hvis det var bra nok for statsministeren, var det bra nok for henne. Hun tok det høyre øret ut av løkken og gikk videre til den andre siden.

Gjestene gispet, og flyttet seg lenger bort. Alle unntatt det lille barnebarnet hennes.

"Bestemor er glad i deg", sa kvinnen og sendte et kyss i retning av lille Emily.

"Jeg er glad i deg også", svarte Emily, mens foreldrene som nå sto ved siden av henne, flyttet henne tilbake.

Tilfreds med å ha kjent solen, vært ute, sett dem hun var glad i og snakket med lille Emily, bøyde hun seg, gikk tilbake og lukket døren bak seg.

Telefonen begynte straks å ringe og ringe. Hun svarte ikke.

HUSET

ROMMET VAR NAKENT, BORTSETT fra de tomme, innebygde bokhyllene som flankerte peisen.

Tomme bokhyller gjorde meg alltid melankolsk. Som om den forrige eieren hadde tatt med seg alle vennene og minnene sine, men glemt strukturene som hadde holdt dem og vist dem frem mens de bodde i huset. Når jeg forlot et hus, uansett grunn, lot jeg derfor alltid en av bøkene mine bli igjen (jeg kjøpte gjerne to av en favorittbok), så jeg håpet at den nye eieren ville ha like mye glede av den som jeg hadde. For meg var det som å introdusere dem for en ny venn. Hvis det får meg til å høres oversentimental ut, gjør det ingenting, for det har min kjære mann alltid sagt om meg.

Da jeg gikk gjennom rommet og justerte masken min, la jeg merke til noe som lå opp mot veggen, tynt som en oblat. Det var et lite teppe.

"Hva i all verden er det der for?" spurte jeg. Selv om det var slitt og lite, hadde det vært bedre å ha det foran peisen. Der ville den ynkelige tingen i det minste ha hatt en hensikt. Jeg gjør ofte det, gir livløse gjenstander følelser. I litteraturens verden kalles det personifisering. Jeg bruker det så ofte at mannen min kaller det Maggie-fication.

August er navnet på mannen min. Og ja, han ble født i august måned, en løve, mens jeg er Steinbukken.

Da han kom opp ved siden av meg, skalv jeg. Jeg følte alltid kulden.

Han snakket gjennom masken og sa: "Uff, det er varmt her inne, kjære. Hvorfor skjelver du?" Han kneppet opp den tykke ullkofta, en gave fra vår sønn Andrew, og tok den av seg. Han la den over skuldrene mine og gikk tvers gjennom rommet.

Jeg krøp inn i den og sa: "Takk", mens jeg fulgte etter ham.

Megleren, som var en gammel venn av familien, hadde på seg en maske som gjenspeilte eiendomsmeglerfirmaet hun jobbet for. Hun beveget seg hørbart rundt i huset i det andre rommet mens vi fikk en følelse av stedet på egen hånd.

Kort tid etter kom hun inn i rommet fra døråpningen nærmest gjenstanden jeg hadde sett på gulvet. Vi møttes foran den, som om hun hadde overhørt spørsmålet mitt.

Judy Marsh, som var navnet på eiendomsmegleren vår gjennom mer enn tjuefem år, virket helt tom for ord, noe som var svært ulikt henne. Hun og alle andre eiendomsmeglere på planeten.

"Er ikke peisen fantastisk!" utbrøt hun.

Jeg vendte kroppen mot varmen, mens August, som ofte beskyldte meg for å lese for mange Agatha Christie-romaner, blant annet, og som nå kjedet seg og ville komme videre, beveget seg nærmere døråpningen.

Judy sa: "Jeg hørte spørsmålet du stilte for et øyeblikk siden. For å være helt ærlig," hun tok seg på nesen. "Dette huset har litt av en historie."

August kom nå interessert tilbake til oss.

"Hva slags historie?" spurte jeg.

Judy fortsatte: "Det er ingen vits i å fortelle historier hvis du ikke liker deg her. I så fall kan vi bare gå videre til neste hus. Jeg har noen flere på gang. Så hva er dommen over dette så langt?"

August sa: "Vi har ikke sett hele stedet ennå, det er for tidlig å si noe om det, og..."

Jeg avsluttet setningen hans, slik folk som har vært gift lenge har en tendens til å gjøre: "Og det er ufint av deg å la oss forelske oss i stedet - jeg sier ikke at det er tilfellet her - og så senke bommen."

"Ja, senk bommen," la August til.

"Ut med det!" forlangte jeg, mens August tok hånden min i sin.

"La oss gå inn på kjøkkenet," sa Judy. "Jeg setter på kjelen og lager en god kopp te til oss. Jeg har fylt skapet med litt Earl Grey-te og kjeks til en slik anledning. Så skal alt avsløres."

August hørte at det ble tilbudt en kopp te og en kjeks, og fulgte etter Judy inn på kjøkkenet, mens jeg, som det heter, tok baktroppen. Vi gikk langs en gang med god takhøyde, men som var ganske møkkete siden det ikke var noe takvindu - hvis vi kjøpte stedet, ville et takvindu gjøre denne gangen mer hjemmekoselig.

"Et takvindu ville være en forbedring", foreslo August, mens han og Judy gikk inn i det tilstøtende rommet gjennom et par svingdører som man kunne forvente å se i en gammel Marlon Brando-western. "Disse må ut," sa August, mens døren svingte og traff ham baki før jeg rakk å stoppe den. Han sto der med hendene på hoftene og munnen åpen, uten at det kom noen ord ut.

Da jeg dyttet meg inn i rommet, skjønte jeg hvorfor August var målløs, for for en spektakulær utsikt! Kjøkkenet og spisestuen lå ved siden av hverandre, i et stort rektangulært rom med åpen planløsning, med glassvinduer og dører som strakte seg fra den ene enden til den andre, og som vendte ut mot en av de mest praktfulle hagene jeg noensinne har sett. Jeg skulle ønske det var vår, slik at alt sto i full blomst, men høsten var også vakker her, med trærne som blusset opp i sine høstfarger.

"Dash ville elsket dette," sa August. Dash var den lille dachshunden vår.

"Det ville han helt sikkert," sa jeg, mens Judy, som nå sto bak oss, lekte mamma ved å helle varmt vann i tekannen.

Verken August eller jeg kunne ta øynene fra den vakre naturen som ventet bare noen få skritt unna. "Kan jeg åpne dørene?" spurte jeg.

Judy nikket, og August gjorde det samme. Med ett strømmet lydene utenfra som musikk inn på kjøkkenet. Det var sikader, blåskrik, spurver, kardinaler, en trepadde ... det var en salig musikalsk stemning - helt til naboens gressklipper skrek i gang noen øyeblikk senere.

"Teen er klar", ropte Judy.

"Perfekt timing," sa August, lukket skyvedørene og klikket låsen igjen. "Hallo, mørket, min gamle venn", kurret August. Det var en av yndlingsmelodiene hans å synge - en klassiker fra Simon and Garfunkels repertoar.

"Det er ikke mørkt her inne," sa jeg, mens Judy skjenket og serverte teen. For å være ærlig var jeg ikke noen fan av fin te som Earl Grey. Jeg ville heller ha en kopp Typhoo. Jeg tilsatte to teskjeer sukker - det dobbelte av det som er vanlig med god, gammel Typhoo, og August gjorde det samme. Mens vi nippet, og avviste Judys valg av kjeks - gingernøtt - ventet vi på at hun skulle begynne å fortelle oss historien hun hadde hentydet til.

***

"For det første," begynte Judy, "har det ikke bodd noen i dette huset på flere tiår."

"Tiår," gjentok jeg, "hvordan kan det ha seg?"

August tømte ut restene av teen sin. Judy gjorde straks en bevegelse for å fylle opp koppen hans, noe han uhøflig unngikk ved å legge hånden over toppen av den.

Judy smilte. "Det er visst ikke alle som liker favorittbrygget mitt." Hun fylte opp koppen sin og fortsatte. "Stedet har vært til salgs i flere år. Vi har hyret inn iscenesettelsesspesialister fra hele delstaten, i håp om at deres innspill skulle hjelpe oss med å selge. Så langt har det ikke fungert."

"Det gir ingen mening," sa August. "Det ville i hvert fall vært mindre ekko hvis stedet var møblert." Han løftet den tomme koppen og sukket.

"Vil du heller ha en flaske vann?" spurte Judy, og uten å vente på svar gikk hun til kjøleskapet og tok ut tre flasker og satte dem foran oss. Jeg hadde på følelsen at dette kom til å bli en lang historie.

En merkelig lyd fra hagen slo oss i ørene samtidig. August skjøv stolen bakover og skannet ut over hagen, som nå bare var delvis opplyst fordi solen var i ferd med å gå ned. "Kan du se noe?" spurte jeg.

August hadde et ørnesyn, selv om han var eldre enn meg. "Hysj," sa han. Vi ventet og lyttet nøye, men lyden hørtes ikke igjen. August gikk tilbake til stolen sin og satte seg ned med et skuldertrekk.

Judy sa: "Det er best om du holder kommentarene og spørsmålene dine for deg selv til slutt. Jeg vil gjerne bli ferdig før, jeg mener, så fort som mulig."

August sa: "Vi er gamle, og vi blir eldre for hvert minutt. Vi kommer til å glemme alle spørsmålene vi måtte ha hvis denne fortellingen din tar mye lenger tid."

Jeg klappet August på hånden. "Hvis du har noen spørsmål, så skriv dem inn på telefonen din." Jeg hadde prøvd å få ham til å bruke notatfunksjonen i telefonen en god stund. Selv brukte jeg den til mange ting, blant annet til handlelisten. Jeg hadde foreslått at han skulle bruke den til det samme. Likevel kom han hjem uten det vi trengte, og dro tilbake igjen - denne gangen med papir i hånden.

"Maggie", sa han, "du vet at jeg ikke liker å være avhengig av teknologi."

"Å være avhengig av trær," supplerte Judy, "lover ikke godt for fremtiden heller."

"Batteriet til et stykke papir dør ikke!" utbrøt han.

"Men en penn går tom for blekk", sa jeg og smilte, før jeg klappet ham på hånden igjen og ga ham en penn og et papir - begge deler som jeg alltid hadde i vesken min for slike anledninger.

***

"Jeg begynner med begynnelsen," sa Judy.

Under bordet stokket August med føttene, og jeg kunne se at han ble stadig mer utålmodig og tenkte: "Sett i gang, kvinne!" For det var det jeg også tenkte.

Til slutt kom Judy til poenget. "Da dette stedet først ble bosatt, døde tre mennesker her."

Hun ventet på at vi skulle reagere, men ingen av oss gjorde det. Vi hadde allerede forstått at noe forferdelig hadde skjedd - og konkludert med at det måtte ha involvert dødsfall, drap og/eller kaos. Selv mine leddgiktplagede bein kunne føle at noe forferdelig hadde skjedd her. Jeg slo armene rundt meg selv og frøs igjen. August gjorde det samme, men han var varmere enn meg siden han tidligere hadde fått tilbake cardien sin.

"Opprinnelig ble det bygget en kirke her på 1700-tallet. Etter at den ble ødelagt, og tre mennesker døde - og bare bokhyllene og peisen sto igjen - sverget alle religioner å aldri gjenoppbygge et gudshus her. Dermed ble det bygget hytter, hjem, herskapshus, bungalower og til slutt utformingen av den to-etasjers California split bungalowen som vi står i nå, bygget for å passe eiernes behov og krav for den tilmålte tiden de levde i. Mange sognebarn, kirkegjengere og familier har gjort dette til sitt gudstjenestested og/eller hjem.

La oss ta utgangspunkt i den opprinnelige kirken. På midten av 1700-tallet oppsto det en menighet på dette stedet, en av de første som ble etablert i Ontario, etter at mange immigranter valgte dette stedet for å slå seg ned og bygge sin nye fremtid.

To av dem var lady og lord Charleston, som raskt ble samfunnets ledere og som bidro med midler til å bygge den første kirken, uten annen anerkjennelse enn et lite bibliotek i prestegården, der folk kunne lese og låne bøker om religionsrelaterte emner. For at de som studerte eller leste skulle ha det komfortabelt, skulle det bygges en peis i midten av to slike bokhyller.

På grunn av ønskets betydning ble det gjort mye forskning på hvilket trevirke som ville være mest holdbart over tid. En immigrant fra Italia snakket varmt om middelhavssypressen, og fortalte at han hadde sett et alter i en romersk kirke som var laget av dette treverket, og som hadde overlevd en brann som hadde ødelagt resten av bygningen. Det ble besluttet å sende bud etter noen trær som de kunne dyrke lokalt, og å bestille en rikelig forsyning som skulle leveres med skip til Canada. Etter hvert fortalte den samme mannen om de overnaturlige kreftene dette treet fra hans gamle hjemland hadde. På grunn av den sterke duften plantet familier trærne i nærheten av sine kjære på kirkegårder over hele landet, for å holde demonene unna og for å sikre at sjelene til dem de elsket, kom seg over til den andre siden."

Noen av de andre menighetsmedlemmene var ikke fornøyd med denne blasfemien og foreslo at de bare skulle bruke kanadiske trær til dette prosjektet. Lord og lady Charleston avviste forslaget, og menigheten ventet på leveransen av trevirke til prestegården, og i mellomtiden bygget de kirken og fortsatte med å bygge skolen og andre bygninger. Nykommere strømmet til og valgte å bosette seg på et sted som tilbød tjenester som gjorde at alle raskere kunne finne seg til rette.

Tømmeret kom, og prestegården ble bygget, men ikke uten vanskeligheter. Først ble en mann som bar tømmerstokken ned fra skipet, knust da flere stokker løsnet og styrtet ned over ham. Etter det ble det tatt flere forholdsregler, men de som hadde advart mot blasfemi, hvisket bedrevitende til hverandre.

Mange år senere, da kolonien ikke hadde noe navn, ble det foreslått at den skulle hete New Charleston, og slik ble det, og i mange generasjoner ble alle betjent av samfunnet, og befolkningen vokste med stormskritt. Lord og lady Charleston døde, men portrettene deres ble malt og plassert over peisen i prestegårdens bibliotek mellom de to bokhyllene. Mot folkets sterke protester ble biblioteket kalt Lady Charleston-arkivet, siden familien donerte boksamlingen sin til å fylle hyllene."

Jeg skrudde av lokket på vannflasken og tok en slurk, mens August kikket på klokken sin. Solen var nå i ferd med å gå ned, og det meste av bakhagen lå i mørke, bortsett fra en enkelt lyskaster som månen sørget for.

"Det er i denne kirken dødsfallene skjedde."

August og jeg rykket nærmere, i håp om at hun snart skulle komme til poenget. Magen min knurret. For det var langt over middag, og den begynte å snakke sammen med Augusts i en duett av sultfølelse.

"Gingernut?" spurte Judy og viftet med dem foran oss. Vi takket høflig nei. "Hvorfor bestiller jeg ikke en pizza? Mens den blir bakt og levert, kan jeg fortsette med historien min."

"Ingen ananas", sa August. Pizza med ananas var en av hans største irritasjonsmomenter. "Ananas er ment for opp-ned-kake, ikke for pizzapai."

"Jeg er helt enig," sa Judy og trykket på hurtigoppringingen på telefonen sin.

"Ingen ansjos," sa jeg og prøvde å overtale den knurrende magen min til å roe seg.

***

"I 1847 kom en fremmed kvinne inn i lokalsamfunnet midt på natten og lette etter mannen og den unge sønnen sin. Hun banket på dørene, noe som skapte en del oppstyr siden det var etter midnatt. Folk i lokalsamfunnet kom ut av husene sine for å hjelpe henne, og de dannet en letemannskap som brukte lamper for å vise vei. Det var et slikt lokalsamfunn, som gikk sammen for å hjelpe andre, til og med fremmede. Ingen stilte spørsmål ved hennes motiver, historie eller tilregnelighet.

Det var oktober, så det var kjølig, men før den første snøen hadde falt. De trasket av gårde og lette til solen sto opp, og så samlet de seg for å spise, drikke og finne ut mer om kvinnen som hadde vært for utmattet til å klatre opp sammen med dem. Da hun ankom, ble hun straks innlosjert og lagt til sengs etter å ha fått en sterk kopp te med en skvett whisky i for å sikre at hun sov hele natten.

Etter flere diskusjoner og en bekreftelse på at ingen hadde sett hode eller hår på verken mannen eller barnet, spiste de sammen med mat fra kvinneforeningen i kirken og diskuterte hva de skulle gjøre videre. Det var ikke som i dag, hvor man enkelt kan trykke opp plakater og teipe dem opp overalt, og sosiale medier var heller ikke et alternativ. I stedet ble en kunstner engasjert for å tegne familien basert på morens beskrivelse. Kvinnen het Reba, barnet hennes het Jacob, og mannen hennes het også Jacob.

En kveld, ganske sent på kvelden, så en lokal innbygger kvinnen Reba komme inn i kirken med et barn i hånden. Han lurte på hvor mannen var, men tenkte ikke mer over det og gikk til sengs.

Reba hadde tatt med seg sønnen sin til kirken for å tenne et lys på alteret og takke Jesus for at han hadde brakt mannen og sønnen tilbake til henne. Døren til kirken var ikke sikret, for Jacob Senior skulle snart slutte seg til dem. Et vindkast, som var så kraftig at det blåste opp flammen og satte fyr på ermet hennes, og siden hun holdt sønnen i armene, tok også antrekket hans fyr. Jakob den eldre kom inn og løp mot dem, mens han lot døren stå helt åpen. Mer sint vind fulgte ham, mens han lukket avstanden mellom seg selv og sine kjære. Kirken, som var bygget av lokale trær, gikk opp i flammer med dem i den på kort tid.

Forsamlingshuset, der kirkens kvinner serverte mat til de frivillige, luktet først at noe brant, og løp ut i gatene. De fleste av de frivillige var også brannmenn, men ressursene deres på den tiden var begrensede. De gjorde det de kunne for å redde kirken, men det var for sent. Prestegården var ikke oppslukt ennå, så de klarte å få presten ut og som sagt redde bokhyllene og peisen. Familien på tre omkom ... brent til intet. Aske til aske, som man sier."

Judy trakk pusten dypt, tok en slurk vann, og så ringte det på døren. Det hadde tatt på kreftene å fortelle historien, så August tilbød seg å hente pizzaene, men Judy sa at hun måtte betale - hun kunne føre det opp som en jobbrelatert utgift - og gikk til slutt til døren. Hun kom tilbake med den varme og velduftende pizzaen, og vi satte oss til bords uten å snakke sammen på en stund, bortsett fra åh og åh da vi tok del i det velsmakende festmåltidet.

Nå var vi fornøyde og mette, og Judy fortsatte å fortelle.

"Siden den gang sies det at spøkelsene fra den familien hjemsøker dette huset. Uansett hva folk ser, blir de så redde at de løper skrikende ut herfra. Og i årenes løp har det blitt bygget flere hus på denne eiendommen, men ingen har noensinne bodd her over lengre tid."

Det begynte å bli svært sent, og Judys historie hadde tatt en god stund å fullføre.

"Kan du være så snill å spole frem til nåtiden?" spurte August, igjen mer frekt enn verken han eller jeg hadde forventet. Det var over leggetid, og det var ikke bare hans feil at han ble irritabel.

Judy ba om unnskyldning. "Dette huset ble bygget for tjuefem år siden. Det har blitt kjøpt, solgt, leid ut, pusset opp - hva som helst, og flere ganger enn jeg har fingre og tær til å telle, er det ingen som vil bo her." Hun kikket seg rundt. "Ja, det er fint å se på, men det er bare noe med det. Noe som får folk til å flykte. Særlig på denne tiden av døgnet. Jeg ville se om det skjedde med deg også."

"Så vi er de vennlige marsvinene dine," sa August og skjøv stolen brått bakover. "La oss fortsette med omvisningen. Hva er det ovenpå?"

Jeg rørte meg ikke.

"Du har ingen anelse, jeg mener absolutt ingen anelse, om hvorfor folk oppfører seg på en så ekstrem måte? Det gir liten eller ingen mening for meg. Du må da kunne se hva de så?"

"Jeg ser aldri," sa Judy.

"Vel, det er bisart," sa August.

Judy smilte. "Ja, jeg vet det. Og det er derfor, la meg bare si dette, at åndelige folk som synske, mystikere, spåmenn, hekser, trollmenn - du kan nevne noen, og de har vært her - ja, de har til og med eksorsert dette stedet fra stolpe til stolpe, og likevel skjer det som får alle til å flykte, inkludert alle de ovennevnte, fremdeles. Hver og en av dem løp skrikende bort - og kom aldri tilbake."

"Bare tull og tøys," sa August.

Men jo mer hun snakket om det, desto mer redd ble jeg, og desto mer villig var jeg til å tro på det, for etter hvert som tiden gikk, frøs jeg stadig mer. Faktisk skalv jeg som om noen hadde gått på graven min - selv om jeg selvfølgelig ikke var død. Men likevel. Bare tanken på det fikk hårene på armene mine til å reise seg.

Judy reiste seg. "Nå vet du det jeg vet. Prisen er allerede lav, men den kan fortsatt forhandles. Eieren vil at den skal selges og ut av hendene hans - i går. Hvorfor tar du ikke en titt ovenpå, så du får en følelse av toppetasjen?"

August sa: "Vi kunne kjøpe det med kjærlighet, rive det ned og bygge om til noe som passer våre behov, som en bungalow. Da ville vi fortsatt være i forkant og ha nok penger til å holde det gående resten av livet."

Med skjelvende knær sto jeg også og holdt meg godt fast i bordet. Det hørtes bra ut, faktisk for bra til å være sant.

Judy sa: "Det er fredet. Bokhyllene og peisen må forbli intakte. Dette er ikke til forhandling. Jeg kan faktisk ikke akseptere tilbudet ditt med mindre du er villig til å skrive det ned skriftlig."

August og jeg gikk ut av kjøkkenet, som i transe, og endte opp på teppet som nå lå foran peisen. Den brølende ilden som spydde og lyste opp rommet, fikk meg til å lure på hvorfor jeg frøs enda mer.

"... elektrisitet," sa Judy.

Jeg var i tankene mine på vei til bokland og gikk glipp av hva hun sa.

"...slått den av. Vannet også."

Jeg strøk hånden langs bokhyllen i midten, nå som jeg hadde fått oversikten, mens August forlot rommet. Jeg snudde meg og fulgte etter ham, og det samme gjorde Judy. Han stoppet ved bunnen av trappen, så hvor vi var, og begynte så å klatre opp. Jeg tok tak i gelenderet og gikk også opp. Omtrent halvveis føltes rekkverket vaklende, og det samme gjorde knærne mine. Det virket som om føttene mine sank ned i tretrappen, og jeg følte meg ustø. August var allerede på toppen. Jeg la merke til at han lyste opp veien ved hjelp av lommelyktapplikasjonen på telefonen sin. Jeg var stolt over at han endelig hadde funnet bruk for en av applikasjonene jeg hadde anbefalt ham å prøve.

Da jeg gjorde ham selskap på toppen, så vi ned på Judy, som ventet med telefonen rettet mot seg - også hun brukte lommelyktapplikasjonen. "Jeg må snart låse", sa hun.

"Vi skal bare ta oss en god runde," sa jeg, mens August beveget seg bort fra meg mot døren i enden av korridoren. Det tykke teppet under føttene mine virket klissete, så det var vanskelig å skynde seg. August åpnet døren, og inn kom et ferskenfarget bad med vask, badekar, toalett og dusj. Badet var pyntet med tilbehør - et av de teppebelagte teppene som var slengt rundt bunnen. Stilen falt ikke i smak, og det sa jeg da vi lukket døren og gikk videre til et lite soverom, innredet i blått med biler som kjørte over veggene, og stjerner som lyste opp når vi pekte på dem med lommelykten i taket.

"Jeg liker de stjernelysene," sa August, og barnet i ham kom frem. Jeg var overrasket over at han ikke likte bilene på tapetet også. Kanskje gjorde han det, men av de to foretrakk han stjernene.

"Ja, la oss ta dem ned og sette dem over peisen - hvis vi kjøper den," sa jeg.

Vi gikk videre til et annet soverom, et gjesterom, fullt av blomster av alle slag, typer og farger. På baksiden av døren var det sjablonert solsikker.

"Veldig hjemmekoselig," sa jeg da vi gikk videre ned gangen til det siste rommet: hovedsoverommet. Det slo meg at et hus av denne størrelsen burde ha mer enn tre soverom.

August sa: "Vi kan bygge flere rom på tomten når vi gjør dette om til en bungalow. Det er så mye plass som er bortkastet her."

Vi så på baderommet, som også var veldig utdatert med ferskenfargen - selv om det var et boblebad med kraner og armaturer i gull. Og over det bød et stort bow-window på panoramautsikt over det vi antok måtte være bakhagen.

August klatret opp på badekaret og tok meg i hånden mens han gjorde det. Vi sto sammen, side om side, og så ned på hagen da tre skikkelser dukket opp. Oppstilt etter høyde var det en mann til venstre, selv om man på grunn av hans statur kunne tro at han var en gutt. Han var kledd i en hatt med sløyfe, en linskjorte med volanger over midjen, en knelang jakke og bukser som beviste noe annet. En gutt holdt mannen i hånden, og jakken falt like under livet på ham, mens buksene hans gikk ned til kneet, og de mørke lokkene hans veltet ut under hatten. En kvinne holdt barnets hånd, og de tre var fullstendige. Hun hadde en tykk vattert frakk som dekket klærne hennes, og en sovende kyse på hodet - som om hun hadde kommet uventet ut i natten. Alle de tre skikkelsenes fulle ansikter var som forhekset av månen og stjernene, eller så var de forhekset.

"Er de ekte?" hvisket jeg og holdt meg fast i Augusts skulder, men før jeg rakk å fullføre, så tre par øyne rett på oss, og samtidig ga de fra seg et skrik med så høye stemmer at det må ha vekket alle hundene i nabolaget. De tre sa

"Hver dag kommer vi hit for å brenne."

Vi holdt oss for ørene mens de gjentok sirenesangen sin, så oppslukte flammene dem fra føttene og oppover, og snart ble skrikene deres til stønn mens de falt til jorden og ble til en askehaug.

Jeg skrek. Og så skjedde det noe som ikke har skjedd på alle de årene vi har vært gift - August skrek også.

Vi klatret opp av badekaret, løp ned trappene, forbi Judy og ut av inngangsdøren i en fart som to gamle gubber som oss aldri ville ha trodd var mulig. Vi satte oss inn i Judys bil; hun hadde kjørt den da hun viste oss eiendommen. Da hun satte seg inn, satte hun av gårde med hvinende dekk.

Da vi hadde lagt god avstand mellom oss og huset, sa Judy på en saklig måte: "Jeg skal sette sammen en liste over andre hus som dere kan se på i morgen tidlig. Vi skal finne det perfekte hjemmet til deg. Det er mange vakre steder på markedet som dere kan velge mellom." Hun kastet et blikk på oss i bakspeilet.

Jeg ristet fortsatt og holdt fast i August.

"Vil du fortelle meg hva du så?" spurte Judy.

"Hørte du dem ikke?" spurte jeg.

Judy ristet på hodet og sa nei.

"Tro meg, du er den heldige," sa August. "Kjør oss hjem nå. Vi blir her."

August og jeg snakket aldri mer om huset.

ET MORDER

JEG SATT I BILEN min - for redd til å gå ut.

Bak de tonede glassene kunne jeg se alt - så hvorfor utsette meg selv for fare? Hvorfor risikere å bli smittet når alt jeg ønsket meg var litt natur.

Hvorfor ikke bare bli hjemme, kjære? Jeg hørte den lavmælte stemmen din spørre meg inni hodet mitt. Akkurat som om du var her, i passasjersetet ved siden av meg. Du, som var min avdøde mann Gerald - førtito år gift før covid-19 tok livet av ham. Ja, min Gerald bukket under for viruset helt i begynnelsen av denne vanvittige tiden i våre liv. Før det i det hele tatt ble kalt en pandemi av dem som sa de hadde kunnskap om det.

Selv da det ble bekreftet offisielt at Gerald hadde blitt utsatt for det og var smittet - trodde han ikke på det. Han hadde bare latt seg vurdere fordi jeg hadde overtalt ham til å bli med meg, som vi sa i løftet vårt i gode og onde dager. Jeg hadde vært i nærheten av noen som hadde fått det mens jeg jobbet som frivillig i matbanken. Jeg trengte ikke å teste meg, men tenkte at det var bedre å være på den sikre siden, og jeg satte meg selv i frivillig fjorten dagers karantene - da kunne Gerald og jeg i det minste være sammen.

Da resultatene kom, hadde Gerald sykdommen, mens min test var negativ. Siden vi hadde vært i hverandres lommer, var det stor sannsynlighet for at jeg også hadde det, men uten symptomer, så vi gikk i karantene sammen, som vi hadde gjort i de førtifem årene vi hadde kjent hverandre.

Vi var forberedt på å møte sykdommen sammen, men så fikk jeg beskjed om å holde meg unna Gerald, begrense kontakten min - holde en dør mellom oss, bruke maske, vaske hendene ofte - du vet hvordan det var. Jeg tok gjesterommet, Gerald fikk vårt rom. Vi sa god natt til hverandre gjennom veggen, akkurat som de gjorde hos Waltons familie.

En natt da han ikke fikk sove, sang jeg noen refreng av sangen vi hadde danset vår første dans til på high school, en sang som het Make Me Do Anything You Want av A Foot in Coldwater. Jeg nynnet den for meg selv mens jeg så på det som foregikk utenfor. En gruppe kanadagjess spiste gress noen meter unna. Jeg rullet vinduet litt ned, slik at jeg kunne høre skravlingen deres. Jeg trakk pusten dypt og slapp luften inn, men den friske luften hindret meg ikke i å huske den neste delen, den vanskeligste delen, da Gerald ble tatt fra meg og lagt inn på sykehuset. Jeg fikk ikke være med ham i ambulansen, og det gikk så fort nedover med ham at jeg aldri så ham i live igjen.

Jeg ringte barna først. De er selvfølgelig voksne nå, med egne barn. Unger, geiter. Barn er selvfølgelig det jeg mener. Jeg vet ikke når jeg gikk tilbake til den vanlige beskrivelsen. Sikkert fordi Gerald ikke er her for å si at jeg ikke skal gjøre det.

Barna våre kunne ikke bli med på grunn av restriksjoner på sosial distansering. Områdene deres var tilbake i trinn 2. Dessuten var risikoen for å bli smittet av viruset selv, risikoen for å bringe det tilbake til barnebarna våre, ikke verdt å ta. Vi tok ansiktsmimikk - med en snill sykepleiers hjelp - men Gerald sa ingenting. På dette tidspunktet hadde smilet forsvunnet fra øynene hans, og jeg visste det.

Etter bisettelsen - det var ingen andre enn meg som kom til begravelsen - visste jeg ikke hva jeg skulle gjøre med meg selv. Det var enda verre etter at forsikringen var utbetalt. Hele livet hadde vi spart og spart - og nå var han borte, det var ingen steder å dra - ikke med pandemien som lurte i hvert hjørne - og Gerald var ikke der for å dele den med meg, så det var ingen vits i å dra dit i utgangspunktet. Alle disse pengene, og jeg kunne ikke komme på en eneste ting jeg ønsket meg eller trengte, bortsett fra Gerald.

Da høsten nærmet seg og løvet begynte å skyte opp, pekte jeg utallige ganger på et spesielt vakkert tre uten å si det til noen. Og så var det Thanksgiving i horisonten. Vanligvis forberedte vi familiefesten - med de vanlige kanadiske rettene som gresskarpai, tranebærsaus, kalkun, skinke, farse, potetmos, grønnsaker og coleslaw. Gerald skar vanligvis opp fuglen, mens jeg organiserte alt det andre. Så gikk vi rundt bordet, og alle, også de små, sa hva de var takknemlige for i året som hadde gått. Jeg husket lille Kevins erklæring om at han var mest takknemlig for "Bampa" - bestefar. Geralds øyne hadde lyst opp den dagen, som solen som kommer frem bak en sky etter flere dager med regn.

Datteren min foreslo at jeg skulle være "vertskap" for en virtuell Thanksgiving-middag. Hun hadde hjertet på rett sted, men ideen var absurd. Selv ville jeg laget en kalkun-TV-middag og spist den mens jeg så på A Charlie Brown Thanksgiving.

Så tilbake til meg som sitter her i denne fordømte bilen, med de tonede vinduene oppe - for redd til å gå ut av bilen. Mens øynene mine streifer over gangveien, får jeg øye på Sonny og Evelyn Marshall, og før jeg rekker å dukke - får de øye på meg. De kommer mot meg. De har hørt om Geralds bortgang og vil vise sin respekt, og det er for sent for meg å starte bilen og rygge ut av parkeringsplassen.

Foran bilen står Sonny og banker på vinduet mitt, mens Evelyn går rundt til passasjersiden.

"Hallo", sier jeg gjennom de lukkede vinduene. Telefonen min ringer. Jeg peker på den for å fortelle dem at jeg må ta meg av en samtale, og ser så hvem det er - det er Evelyn som ringer. "Hallo, igjen", sier jeg, mens Sonny går rundt foran bilen min og stopper et øyeblikk for å se på meg gjennom frontruten, før han går videre og slutter seg til kona si.

Evelyn sier: "Vi hørte om Gerald. Vi er så lei oss, og ville bare komme innom og si det til deg. Og så vil vi bare si at hvis du trenger noe, hva som helst, så ring oss. Vi vil gjerne være der for dere så mye vi kan under denne pandemien." Sonny la armen rundt kona si.

"Jeg har det bra," sier jeg. "Takk for det hyggelige tilbudet og for at du stakk innom." Jeg legger på og håper at de vil forsvinne.

Sonny sier noe, som jeg normalt ville ha skjønt, siden jeg er ganske god til å lese på leppene, men med disse maskene på kan hvem som helst si hva som helst. Han og Evelyn vinker når de kommer tilbake til stien, og så går de.

Jeg ser dem holde hverandre i hendene, mens de blir mindre og mindre. Når de er borte, lander en svart kråke på panseret på bilen min og ser inn på meg gjennom det tonede glasset. Jeg ruller ned vinduet og sier: "SHOO!"

Kråka beveger seg mot meg, rister fjærene og svarer med et trassig "CAW, CAW!"

Jeg ruller vinduet opp igjen og ser den gå rundt på panseret på bilen min. Den etterlater seg et spor av fugleavtrykk på den støvete bilen min. Jeg starter motoren og spruter vann opp på frontruten. Fuglen rører seg ikke. Jeg sveiper vindusviskerne over flere ganger. Den ser fortsatt på meg, rister på hodet, og så SPLAT bæsjer den. Jeg tuter, og ser at den letter, svever, bæsjer litt til, og denne gangen treffer den frontlykten før den letter mot vannet.

En gruppe kråker kalles et mord. Da Gerald døde, av et menneskeskapt virus som ble sluppet løs på planeten vår, ble ikke dødsfallet hans kalt mord - selv om det for pokker burde vært kalt mord.

Jeg stikker hånden ned i vesken og tar frem masken. Jeg stikker den ene løkken gjennom høyre øre og den andre gjennom det venstre. Jeg forsikrer meg om at den sitter riktig, over nesen, under haken. Jeg går ut av bilen og ut i sollyset.

Flink jente, kurrer Gerald, mens et kråkemord danner en sirkel over hodet mitt, og jeg går ut foran en bil i bevegelse.

SANS MASQUE

HAN STO PÅ DEN ene siden av rommet og hun på den andre.

Begge var påkledd - eller overkledd - slik hun oppfattet ham. Polert var det første ordet som falt henne inn, men det var noe ved ham som virket for glatt. Som om han ville at hun skulle forelske seg mer i ham enn hun allerede var.

Han hadde i det minste dukket opp - selv om hun hadde nektet å gjøre det han hadde bedt henne om, og dette var deres første personlige møte.

De hadde møttes i en datingapp. Det er ikke ulovlig - ennå. De hadde utviklet et forhold over tid. Han avsluttet alltid meldingene sine med en bankende hjerte-emoji. Hun avsluttet alltid med et "undertegnede", som om hun avsluttet et brev. Hun var en nybegynner i datingappen, men med de strenge pandemilovene på plass, hvordan skulle hun ellers møte noen?

Etter litt over to måneder med meldinger og e-poster ba han om å få møte henne ansikt til ansikt. Hun gikk motvillig med på det. På en måte kunne hun forestille seg at han var alt det han ga seg ut for å være, selv om de aldri møttes. Men enda viktigere var det at hun ikke ville virke for ivrig eller desperat.

Han hadde gjort seg så mye bry med å arrangere alt, inkludert stedet han planla å ta henne med til. Først kunne hun ikke tro lykken. Mens hun ventet på at han skulle bekrefte detaljene, gikk følelsene hennes fra begeistring til skepsis. Kunne han virkelig reservere et så eksklusivt sted bare for dem to? Da han sendte en tekstmelding med detaljene, utbrøt hun et hyl og svarte med en smilefjes-emoji. Hennes første i forholdet.

Deretter gikk hun straks bort til skapet og åpnet speildørene. Hun bladde gjennom kleshengerne, helt til hun fant sin dyreste kjole - den hun kalte posh frock. Hun kalte den slik til minne om sin avdøde mor. Det var en kopi av en kjole hun hadde kjøpt på nettet, og det var det hun var mest stolt av. Hun holdt den opp mot seg selv, så seg i speilet og prøvde å bestemme seg for hvilket smykke hun skulle fremheve den med: falske diamanter eller perler? Hun bestemte seg for det første.

På morgenen for den store begivenheten hadde hun stått opp tidlig for å sjekke innboksen sin. Hun hadde ventet seg en melding om at han måtte avlyse. En del av henne håpet faktisk at han ville avlyse, men innboksen var tom, og det hadde ikke kommet noen tekstmeldinger. Hun hadde gått ut på kjøkkenet for å lage seg en kopp kaffe, og så sjekket hun igjen i tilfelle han hadde tatt kontakt. Denne gangen så hun til og med i søppelpostmappen - også den var tom.

I løpet av dagen holdt hun seg opptatt. Først tok hun et langt, dampende bad og eksfolierte seg. Etterfulgt av en lett lunsj. Igjen sjekket hun om hun hadde fått noen meldinger, og da hun ikke fant noen, satte hun håret og la neglene. Før hun sminket seg, sjekket hun sosiale medier. Hun fant ingen tegn til at han hadde vært aktiv i det siste, og tok på seg de høyeste parene med høye hæler - de som fikk beina hennes til å se lengst ut. Hun avsluttet looken med å påføre et lag med godterirød leppestift og gikk foran speilet. Perfekt.

Bortsett fra én ting: den matchende clutchvesken. Hun la telefonen og bankkortet i den, gikk tilbake for å hente leppestiften, og nå var hun klar for hva som helst.

Idet hun gikk ut av inngangsdøren og tok på seg masken, kom drosjen. Hun hadde bestilt den kvelden før for å være sikker på at hun ikke skulle komme for sent eller for tidlig. Hun ville at timingen skulle være perfekt for deres første møte i virkeligheten.

***

Han brukte dagen på å dobbeltsjekke alt, som han alltid gjorde ved slike anledninger.

Han gledet seg til endelig å møte henne ansikt til ansikt. På nettet virket hun mer blyg og naiv enn noen av de andre han hadde chattet med. Hun virket så sky, så uvirkelig at hun hadde nektet å sende ham et nakenbilde av seg selv. Naken i betydningen uten maske.

Før hun gikk med på å møte ham, måtte han forsikre henne om at retningslinjene ville bli fulgt. Vel, ikke bare fulgt, men hun krevde intet mindre enn hans personlige garanti for at de ikke ville bli avbrutt.

Da lederne rundt om i verden falt, ble den internasjonale regjeringen dannet for å fylle tomrommet. Med I.G. ved roret krevde verden strengere straffer for de som ikke overholdt reglene for sosial distansering. De nyopprettede International Pandemic Associates (I.P.A.) fikk fullmakt til å håndheve lovene om sosial distansering med alle nødvendige midler.

Etter at verdenslederne falt, ble det et voldsomt ramaskrik i offentligheten. Sosiale medier ble oversvømt av feilinformasjon. Folk krevde rettferdighet og gikk ut i gatene med plakater og fredstegn. Da de ikke kunne bringes til taushet, og fengslene var fylt til randen, ble offentlige henrettelser skrevet inn i loven.

Gjennom alt dette hadde han klart å holde på pengene sine, og han var ikke redd for å bruke dem når det var til hans fordel. Han hadde smurt noen håndflater for å booke lokalet, for å ansette personalet og for å sørge for at de kunne være uforstyrret. At de ble observert av et øye på stedet, kunne han ikke gjøre noe med. Overvåkningskameraer var overalt.

Smokingen hans var blitt hentet og var fortsatt pakket inn i plasttrekket som den hadde hatt på seg på turen hjem fra renseriet. Den hadde ligget i karantene i garasjen til den skulle brukes. Man kunne aldri være for forsiktig. Standard karantenetid for tekstiler var førtiåtte timer. For å være på den forsiktige siden hadde den blitt liggende i garasjen i en hel uke.

Da han var ferdig påkledd, var det siste han gjorde å ta på seg masken før han satte seg inn i bilen. Det var lite trafikk, og det var enkelt å parkere.

Han ville at alt skulle være perfekt.

Akkurat som han håpet at hun ville være.

***

Hun gikk ut av drosjen og ut på fortauet og lukket avstanden mellom seg og lokalet.

På bakken, skrevet med kritt på fortauet, lå en beskjed adressert til henne. Det sto: "Kjære, følg meg. Hun smilte og fulgte sporet av hjerter som var risset inn i steinene. Med jevne mellomrom søkte fingrene hennes trygghet i masken som dekket ansiktet hennes. Den var som et ekstra lag hud nå.

Hun gikk inn gjennom de åpne dørene og fulgte flere hjerter som ledet henne langs korridoren.

Til slutt kom hun frem i håp om at hennes sanne kjærlighet, hennes sjelevenn, ventet på henne.

***

På den andre siden av rommet møttes blikkene deres. Hun i sin svarte, ermeløse kjole og han i sin svarte smoking.

"Du kom!" sa han med en sterk, bekreftende stemme.

"Ja," svarte hun med en andpusten hvisking.

Hun fikk hjertet til å slå langsommere ved å ta rommet i øyesyn. Han hadde lagt stor vekt på detaljer. Bordet var dekket for to, med det fineste porselen, krystall og sølv. Bordet strakte seg i hele rommets lengde. I midten sto en praktfull kandelaber som utstrålte romantikk.

"Vær så god og sitt", sa han.

Hun satte seg ved sin ende og han ved sin. Før en ubehagelig stillhet kunne senke seg, klappet han. To kelnere kom inn gjennom en dør hun ikke hadde lagt merke til. De var kledd fra topp til tå i heldekkende drakter som ikke ville ha sett malplassert ut på månen, og nærmet seg. Med hanskekledde hender fylte de champagneglassene og skålene deres med et lett konsum.

Han klikket på siden av glasset sitt med et bestikk, og hun gjorde det samme. I bryllup ble dette ritualet en gang utført som en oppfordring til nygifte om å utveksle et kyss. Bare tanken på det, å demaskere seg offentlig, fikk henne til å grøsse. I denne nye pandemiverdenen indikerte klirringen at initiativtakeren ønsket å utbringe en skål.

"Skål for deg", sa han og hevet glasset.

"For oss", sa hun og rødmet voldsomt, skjult under masken.

Servitørene kom med jevne mellomrom med brett. Etter den siste presentasjonen av flamberte Cherries Jubilee bukket servitørene. Det tydet på at de ikke ville komme tilbake.

"Hvis jeg bare kunne kysse deg", sa han, høyere enn han hadde ønsket, men høyt nok til å gjøre rede for masken.

Disse ordene fra ham tente henne. Før hun visste hva hun gjorde, hadde hun reist seg og gitt ham et kyss. Hun satte seg ned igjen og forestilte seg at kysset svevde gjennom luften over bordet som en fjær.

Han fanget det og presset det mot leppene. "Det er ikke nok," kurret han.

Hun skjøv stolen tilbake igjen. Den skrapte gjennom stillheten.

De høye hælene hennes klirret da hun krysset gulvet. Hun snublet av opphisselse da hun gikk langs bordet mot ham.

Idet hun beveget seg mot ham, sendte klimaanlegget den søte, søte parfymen hennes i hans retning. Inntil da hadde han bare vært vitne til de korallblå øynene hennes og de små øreflippene som maskestroppene var festet under. Hjertet hans slo så fort at han var sikker på at det ville sprenge seg ut av brystet hans. For å roe seg selv snudde han gifteringen rundt og rundt på fingeren og lurte på om denne jenta var verdt det. Var hun nok for ham til å risikere å bryte loven? Ville han dø for henne?

"Stopp!" ropte han og løftet hånden voldsomt i været som en sint skolevakt.

Hun var fortsatt på flukt og bet seg i leppen under masken.

Han festet masken på plass.

Mens øyet i veggen blinket bak henne, hvisket han: "Glemte jeg å nevne at jeg er gift?"

Hun fortsatte å løpe mot ham, mens dørene bak ham svingte opp.

"Glemte jeg å nevne at jeg er fra IG?" spurte hun, mens de to mennene i romdrakter slo ham i bakken.

Erkjennelser

Kjære lesere,

Takk til alle de fantastiske vennene, familien og teamet av mennesker som har støttet meg og skrivingen min opp gjennom årene, følelsesmessig, samt de av dere (dere vet hvem dere er) som har hjulpet til med tekniske ting som korrekturlesing, redigering, etc. Jeg kunne ikke ha klart det uten hver eneste en av dere.

Tusen tusen takk til dere alle sammen!

Med kjærlig hilsen,

Og det ville være forsømmelig av meg å ikke takke dere for at dere valgte denne boken og leste den. Jeg håper dere likte den nesten like mye som jeg likte å skrive disse historiene.

Som alltid GOD LESING!

Cathy

Om forfatteren

Cathy McGough bor og skriver i Ontario, Canada, sammen med sin mann,

sønn, deres to katter og en hund.

Hvis du vil kontakte Cathy, kan du gjøre det via e-post til cathy@cathymcgough.com

Cathy elsker å høre fra leserne sine!

Også av

FIKSJON

Ribbys hemmelighet

Intervjuer med legendariske forfattere fra det hinsidige (2. PLASS BESTE LITTERÆRE REFERANSE 2016 METAMORPH PUBLISHING)

PLUS SIZE-GUDINNE

IKKE-FIKSJON

103 innsamlingsidéer for frivillige foreldre med skoler og lag (3. PLASS BESTE REFERANSE 2016 METAMORPH PUBLISHING)

+ Barne- og ungdomsbøker

www.ingramcontent.com/pod-product-compliance
Lightning Source LLC
Chambersburg PA
CBHW030132010826
48973CB00002B/523

* 9 7 8 1 9 9 8 4 8 0 0 2 9 *